献给我亲爱的爸爸、妈妈！

党蒙蒙

虚拟是真实的画意

党蒙蒙 著

群言出版社
QUNYAN PRESS
·北京·

图书在版编目（CIP）数据

虚拟是真实的画意 / 党蒙蒙著. -- 北京 : 群言出版社, 2017.6
ISBN 978-7-5193-0300-6

Ⅰ. ①虚… Ⅱ. ①党… Ⅲ. ①散文集—中国—当代 Ⅳ. ① I267

中国版本图书馆 CIP 数据核字（2017）第 171388 号

责任编辑：王　聪
封面设计：逸品书装

出版发行：群言出版社
地　　址：北京市东城区东厂胡同北巷 1 号（100006）
网　　址：www.qypublish.com
自营网店：http://qycbs.shop.kongfz.com（孔夫子旧书网）
　　　　　http://www.qypublish.com（群言出版社官网）
电子信箱：qunyancbs@126.com
联系电话：010-65267783　65263836
经　　销：全国新华书店

印　　刷：北京鑫瑞兴印刷有限公司
版　　次：2017 年 8 月第 1 版　2017 年 8 月第 1 次印刷
开　　本：710mm × 1000mm　　1/16
印　　张：12.5
字　　数：160 千字
书　　号：ISBN 978-7-5193-0300-6
定　　价：39.80 元

父亲郝少痕，书法家、诗人，少将军衔

母亲党如娟

父亲、母亲的合影照

作者四岁时的照片

母亲与怀中的作者相依为命在一起

作者在医院工作时的照片

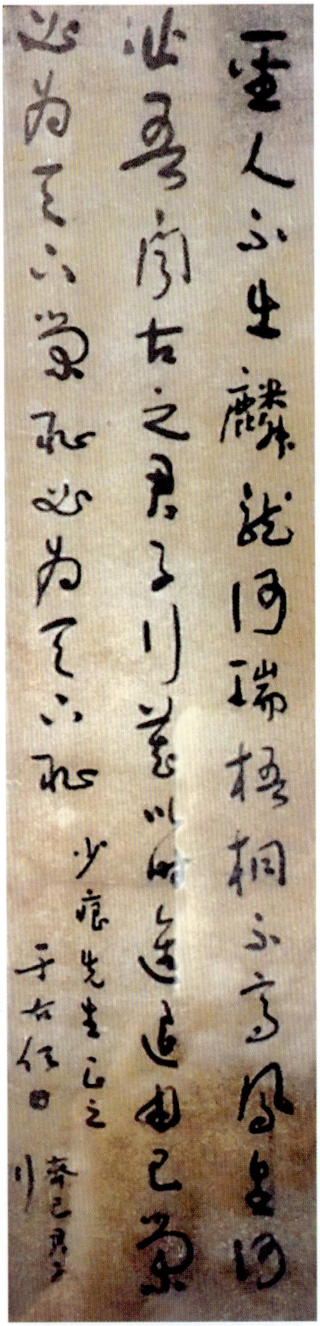

于右任赠作者父亲的字

目录

第二辑 在月光河下与你共眠

第三辑 虚拟是真实的画意

第四辑 漫步在山林

第五辑 留下爱的见证

序

给自己做一个计划

写在党蒙蒙散文集《虚拟是真实的画意》出版之际

红　孩

近些年来，有很多的作家非常青睐大散文，一写就是一两万字，甚至三五万字，似乎谁写得越长谁越有水平。有人把这责任推给贾平凹，说他在《美文》创刊时就倡导“大散文”。其实，贾平凹比窦娥还冤，他提倡大散文，并不是指文字要长，而是指题材要宽，思想要深刻，手法要创新。我们看贾平凹的散文，很少发现他写所谓的长篇大散文。

当然，散文究竟怎么写，写多长多短，从来没有人规定过。我的观点是，不论长短，关键是要把自己想表达的东西表达出来，不必牵强，也不必故意拉长。

由此，联想到上海女作家党蒙蒙的散文写作。党蒙蒙今年六十有余，从事写作也有多年，最近将部分作品结集成《虚拟是真实的画意》一书，希望我在前面能写点什么，作为序言。我与党蒙蒙在北京的某个文学颁奖活动上见过面，以至她的作品也读过一些。我觉得，党蒙蒙的散文有这么几个特点，一个是从我出发，有感而发；另一个是文字短小，一般在一两千字，让人读起来比较轻松。我们过去总是说，散文的最为核心的问题就是真实。离开了真实，散文就失去了生命。想想也是，大凡好的散文几乎都是作家写自己的直接经历，用我的说法是：散文是说我的世界。我的世界，不光是故事，也包括见闻、联想、思考。对于年轻的作者，或许写故事、见闻更容易些，而岁数稍大些的则擅长联想、思考。我对党蒙蒙的几篇散文印象很深，如《妈妈，春天有你多美呀》《我的台湾梅山之游》《红枫叶的影子》《多页的灵魂》等，不论是写人还是对人生艺术的思考，都有着不俗的表现。

最后，我想借用党蒙蒙母亲曾对她说过的话——“春天来了，给自己做一个计划”来作为本文的结尾。意思是说，希望党蒙蒙趁这次出版散文集，对过去的散文创作做个小结，发挥优势，找到不足，力争在下一个计划内写出更多、更优秀的散文来。如此，我在并不遥远的地方期待着！

2017 年 6 月 10 日于北京西坝河

（红孩系中国散文学会常务副会长、著名散文家、理论家）

第一辑

多页的灵魂

挽花的使者[①]

缟衣纶巾淡素雅，纯然言笑美似花。走前退后一回头，心里灌满他和她。

我的挚友比我小十三岁，可谓是小了一个年轮吧，在这一个年轮里可以涌进很多的过去以及循序渐进的今天。

她是我一个发小的妻子。还在八岁时与小我三岁的发小就各奔前程了。待到再相聚时，已整整过去了三十年，发小给我带来了他心爱的妻子。初次相会，她给我的印象就是清秀有姿，风度翩翩。手挽经典坤包，淡妆素服，温馨可人。座谈中不失礼节地照看着她那不到四岁的儿子，有条不紊地从坤包中取出儿子的用品，这一切深深地印在了我的脑海。她是一个有品位的贤妻良母。

接下去的交往时续时断，因他们常换居香港和上海之间。那一年我和他们相约共赴马来西亚旅游，然后我再到香港去他们家。暂住她家的五天时间里，让我对她的印象升级到了华丽版！

清晨起床，她已把丰盛的早餐摆好了，当看到那色香味齐全的食品时，令我感动无比，因在这些食品里，很大一部分都是我喜欢的。我感悟到了她的睿智，她的心怀！因她在马来西亚的游玩中已观察到我的口味和爱好了，我也深深地把这份爱蕴藏在心。

① 此文 2017 年 3 月 22 日在中国作家网原创散文头版第一名发表。

接下去的一个清晨，我刚起床就见她手挽一束隐着白蕾的姜茶花进了门，那一个倩影让我顿时想到茜茜公主挽花去弗兰兹办公宫殿时的情景，她那不经意间的一举一动我感觉到她身上有美的灵感和韵味！我也蕴藏于心。

又接下去的一个清晨，她手挽布包推开了门，我看到她那沉甸甸的包里塞满了山珍海味，我感到了他们夫妇对我的厚爱，我心里被爱的暖意深深填满了。这天晚上我和她在厨房一起做料理，一起山呼海啸，天南地北，人生跌宕，奇谈怪论，在笑声中她加进了最后一勺“生粉”，端上了她为我精心烹饪的鱼翅羹，那羹的黏稠就是爱的“心粉”。

美美地睡了一夜，清晨起床后对着维多利亚海港那蓝蓝的海水、明媚的阳光，心旷神怡，这时的我陶醉于深深的暖意和美美的感受中。我们的交往如初升的太阳，慢慢地热起来了。连我的朋友遇到难事，她都会智慧地帮助我一同解决。她那善良、豁达的胸怀，包容着所有在她周围的每一个人，让人真正地享受到什么是美的辐射。可谓洵美且仁、洵属可敬呀！

每次相约，看见她挽着大包风姿绰约地走来，我就会想那包里一定有带给我的爱。座谈间你会知道她天天都用她不太多的时间在补她那个时代缺失的东西，读满了《诗经》《论语》不算，还在不到两年的时间里，就画出了令老师都赞不绝口的梅花、春燕！我感到我们的年轮时间缩短了，仍是和在香港时一样，她点的菜都是我的最爱。

离开时她把送给我的东西给我后，就又去填满给孩子和丈夫的所需，每天她都是挽着花、挽着包，挽着她那颗慈爱的心，在爱的路上前前后后、来来回回奔忙着。

当我得知我的一位在农村的远亲，无意间就收到了她的汇款和很多美丽的衣服，以鼓励他那在校的儿子取得更好的成绩。她的这种善举，不知给了她周边的人带来了多少的温馨和感动。

我这个人看人就如：

眺野蔓草，近观溪荷，远闻桂香，覃思则明。赤橙黄绿青蓝紫，谁持善心人间舞——是她！

是的，她不美谁美！她是一个挽花的使者！

书中的男人[①]

吟诗诵词书中男，侠醉濡笔挥壮言，情到深处抑泪弹，雄奇奔放在江山。

每每看到唐诗宋词中的美诗丽词，那斟字酌句的恰到好处，诗人那宽阔的境界，如飞翔在浩瀚苍穹，深美宏大，惊艳绝人。那漫漫的情思延绵着我的思绪，让我想到每一个在我心中的诗人是多么的孤傲不群，如合金铸剑，各露锋芒。

细耘他们那抒情的诗田，有落寞于荒山野林，昏暗独宿，惆怅执笔写下那刻骨铭心的感悟。有的手执一鞭，放牧于旷野而无再回朝的绝望。有的醉倒在高山江河，一叶扁舟飘零于溪水河流。才情满满的那些书中的男人，浩叹沉吟，浑厚苍茫于天地之间。寄情于群鸽飞雁、琼楼玉宇，曾经的过往，钟情难锁青楼怨，辞恸意苦。每当看到动情之处，想到这些有才无处使的贬官，在可惜之余又为他们感到高兴，正因为有他们那沧桑的经历，才能写出天底下无人可企及的唐诗宋词，成就文学上的巅峰。我心里默默无语地在对自己说，那时的诗是诗，那时的词是词，那时书中的男人是真正懂情为何物的男人。

合上书时，再听纪念抗日战争胜利七十周年晚会，曲曲直入心扉。我仍可以一词不漏地一直唱下去，才知自己对这段历史的深刻

① 此文 2016 年 1 月在上海市杨浦区文艺刊物上发表。

记忆如此的清晰。伟大的中国人民为了我们的祖国不被日本侵略者蹂躏，刀枪向鬼子们的头上砍去，最终屹立在胜利的台上接受日本鬼子的投降。想起年幼时看到书中的那些英雄人物，真是佩服得五体投地，又是从书中感悟到那充满英雄气概的男人有多伟大！

在电视上当看到与鬼子交火发出的火光时，天津发生的这场火灾又引起我的思绪：那些勇往直前的消防队员，为了保护人民的生命财产，牺牲了自己年轻的生命。最为让人惋惜的就是平民百姓的生命财产损失不小，最让我感动的就是那些正值青春的救援人员，在不知化学物相互作用下该如何救援时，满怀一腔对自己的责任要求而牺牲在这火烟冲天的火海中。为他们默哀的同时，我想终会有人把此次事件作为历史写出来，把让人难以忘怀的舍命救人的英雄写进书里，让后人记住书中的那些正值青春的男人们，有多么纯真和伟大，永世存念，敬佩传代！

从古至今，我在书中认识的男人，真可谓是林林总总，但我还是爱着我爱看的书中的男人。不分时代，不分地域，只写真实的自己，只叙真情厚谊，侠肝义胆。夏去秋来，黍离麦秀，千朵牡丹，各瓣浓香，文留千古，名留永世。

这就是不薄今人爱古人，千古至今留下令我钦佩的书中的男人！

他会鼓舞你[①]

每个人的一生都会有刹那间令自己都感到束手无策、了无希望的事情发生。

就像春花，当它正在绽放着自己那美丽多姿的花朵时，一阵倒春的寒风，立马将它吹到那久仰着它的草地上、河滩旁，随着涟漪消逝在寂寞的远方，瞬间那美丽的华章就此结束了。留下的就是一片残花满地扬，黛玉葬花泪淌淌。

我的一个好友，一个医德高尚的中西医内科主任突然查出胃癌晚期，并已肝转移，已无任何治疗的意义了。听到这个令我感到非常痛心的消息后，我一下坐在沙发上久久起不来，回想和他共事时的每一天，都让我深深感到他作为一位医生对病人那深深的关注，唯独没有关心过自己。直到他自己连饭都咽不下去时，还在为病人看病。看到成群结队的病友，无奈地只能转身而去。

昨天，我带着一颗颤颤的心来到了他的病床前，他一脸的黄色，一头的白发，瘦骨嶙峋，真的让我对着他缄默无语。此时我觉得任何的语言都显得苍白无力，看到陪伴在他身边的老伴也是憔悴消瘦，真是感叹无比。

---

① 此文 2015 年 4 月 21 日在中国作家网原创散文头版第一名发表，2016 年 1 月在上海市杨浦区文艺刊物上发表。

我想找一句话来缓和一下这伤感的气氛时，好友突然笑着对我说："你最近股票一定做得不错吧。"一个多么智慧的人呀，在这时不谈有关病的话题，对双方来说，心情都会比较放松一些。和他在一起共事期间，他很佩服我做股票的能力。他也是一个股迷，但他性格过于缜密，跳跃度不够，获利不是太多。我就对他说，你出院后我们再在一起共事做股票。这时的气氛突然就活跃起来，我趁这时掏出了红包给他，他和他夫人却泪眼盈眶，死活和我推让。我心里非常难受，我忍着心痛说："你看你，不就是股民对你的一点报答吗。"恰在这时又有同事进来看他了，我带着对他深深的尊重和爱戴与他告别了。

当我一个人站在医院的草坪上，看着他所在的那间病房，心里在默默祈祷着他将逝的生命最后的安详。突然，我很喜欢也很爱唱的一首赞美诗《您鼓舞了我》涌上了心头，我一路走一路在心里默默地唱着：

每当我心情低落
我的灵魂如此疲惫
每当麻烦接踵而来
我的内心苦不堪言
然后，我会在这里静静地等待
直到您的出现陪我坐一会儿
有您的鼓励，所以我能攀上高山
有您的鼓励，所以我能横渡狂风暴雨的大海
当我依靠着您时，我是如此坚强
因您的鼓舞，我超越了自己……

我一边唱着，一边为我的好友在祈祷着：安心吧，他一定也会鼓舞你，给你生的希望，他会陪伴你到永远，我仍将会看到所有的病人围在你身边！

生命的现实意义

一个来到人间的生命，看似平凡无奇，却在日月相伴的朝朝暮暮中，如似永存天宇间的粲然繁星，无人不留下踏在山河田地、树林石崖、天南地北的踪影；却也会消失在人群中，隐于海市蜃楼、茫茫人海。人脑记忆中的平凡之草也好，书页在册的英雄也罢，都有着一个相同的生物名称，那就是：生命！

每个人都有着灵魂与肉体组合的生命，就如诺贝尔所说："生命，那是自然会给人类去雕琢的宝石。"故此，我视自己的生命为来之不易的宝石，而谓曰：惜惜之存，臻臻完美，隐隐而归。

今天，我的一个农友在美国去世，让我心痛无比。因为在她的身上，让我看到了一个生命的画卷，一生的坎坷往事，历历在目，却用她那超人的智慧，获得美国哈佛大学、耶鲁大学的双学位，并在美国很多地方留下了多座由她设计的桥梁，却在去年回国任教的时候患上了脑癌。当她得知自己所患的是无治疗意义的癌症时，她整理了她在农场时那青春美好的记忆留影，发给了所有在她记忆中的朋友，然后永远关闭了她那生命中用来与人交往的联络平台，因她知道她很快就将失智，可谓平易中见深远，朴素中见高华。

但我却在无限的哀婉中，在寒冬月色泪满的杯中感慨，梧桐叶落池荷尽，红叶映岭瞬无影，自有芳菲另一坡，寸圆悲心驻下您。

对于生命的现实意义来说，每个人的生命只有一次，生命如同寓言，其价值不在长短，而在内容，这是赛卡尔之言。

每一个人当你能认识到生命现实存在的意义时，往往已过了不惑之年，生存的奋斗和磨炼已然悄悄消耗了你的大部分最美的时光，但当你真正悟懂生命对于自己在世的价值时，可谓回眸再看路已茫，萤火驻情难相忘，雪覆山巅终有化，再现比往更艳亮。

生命来之简单，去之更简单，唯之一路的过程却似万花自有自的样，各有各的芬芳香，只要励志不负欠，不怕后人把你忘。

有关生命哲理的箴言，我最喜欢爱因斯坦的一句话：我从来不把安逸和快乐看作是生活目的本身——这种伦理的基础，我叫它猪栏的理想。

我的感悟是，生命既然来之不易，就当万分珍惜，为了自己生存的人类，能做出哪怕最微小的一点贡献，也不要像睡在猪栏里的人，只顾吃饱睡足，这种毫无意义的人生，白来一趟人间，毫无生命存在的价值，更没了生命现实意义上存在的哲理要素了！

生命，如果跟时代的崇高的责任联系在一起，你就会感到它的永垂不朽，这是车尔尼雪夫斯基之言。

生命苦短，只是美德能将它传到遥远的后世，这是莎士比亚之言。

我感悟到先人给我的启迪就是，生命的现实意义是能把自己看作是一个能传递慈爱的天使，也是应能在超越自我的感觉上，努力奋斗到生命的最后一刻，即使再渺小，也成就了自己！

祝愿我的农友，你对得起生命存在的现实意义，一生足矣！

婚礼上的琼浆

今天，阳光明媚，和风熙熙，一个美好而又浪漫的节日。我参加了好友儿子的婚礼，在上海的西郊宾馆。

婚礼的场地是如此的气派，穹顶方块式的雕琢很有古罗马教堂的风格，礼堂宽敞别致，有欧洲皇室的风范，不愧为上海风味的经典建筑。再加上温馨柔和的灯光和满是粉色的鲜花和桌布，给你的感觉就是又一对深爱的情侣将见证永恒的爱情。花好月圆，可谓是玫瑰献媚，百合呈洁。宾客着装五彩缤纷，围桌四望，犹如百坛的春花姹紫嫣红，生机盎然。在那梦幻似的灯光下，和着迷人的婚曲，人人都在翘首盼望新娘新郎的出现。

白云似的婚纱柔柔地披在美丽的新娘身上，缓步朝着她那含笑而来搀扶她的新郎，来宾合掌欢呼，似说着我们的见证和祝福。一切都在美的时间上留下那感人的分分秒秒。

当新郎拿起话筒，对着新娘说着结婚的誓言时，只见平时很有男子汉气派的新郎却流下了爱的眼泪，他说：

“我真的很感激你对我的宽容，对我的理解，对我的支持。”

这时的新娘也泪水涟涟地对新郎说：

“我要对你说的是，我心里对你的爱远远超过我平时对你说的一切。”

他们这时相拥在一起，久久没有分开。当他们又对着宾客时，情绪难以平静，灯光下，那爱的泪水在光的折射下，如粒粒水晶珠，闪闪发亮，如同照耀着他们相爱的今生。不断滚下的泪珠似串起的项链，戴在爱的颈项上，串起了他们即将开始的漫长而又精彩的人生之路。

当双方的父母都上台祝福他们时，感人的一幕又出现了。新郎对着自己深爱的父母又流下了眼泪，他此时的心情，作为我们——他父母的好友，我们很是替好友骄傲，他儿子的泪水似乎在说着父母那重如泰山的养育之恩，难以回报。在这大喜的日子里，在众目睽睽之下，他难以用语言来表达他那颗感恩的心。

只见好友搀着爱子的手，对着泪流满面的儿子，那种情感的传递心有灵犀。我想此时她心里一定在说，妈妈懂你的心。天下母子心连心，一切尽在不言中。

今天新郎的两次流泪，令我感动，参加过那么多的婚礼，一切的婚礼誓言都是司仪事先安排好的，只不过是走走过场罢了。可今天我的感觉是，只要有真情在心，它一定会打破程式化的安排，将浓浓的爱意洒向他所爱的亲人和将与他相伴到老的爱人，可谓感天动地。

月圆圆，好浪漫。泪涟涟，诉心愿。情切切，好感慨。

今天的新郎与众不同，他洒下的泪是从心里流出的琼浆。

多页的灵魂①

每天一闲下来就飞快打开电脑，目不暇接地看这看那，林林总总，删这藏那，不亦乐乎。

每当打开一个收藏夹，里面设置的文件真是五花八门。有说教，有养生，有油画，有国画，有音乐……页页精彩，赏心悦目。心随鼠标划向天上人间，美轮美奂。

这时的我，灵魂如同多页的文件，页页相连，各有各色，各叙各文。串起了我精彩的人生，随着思维的飞越，尽情荡漾在人生的长河中，如仙山琼阁，花朝月夕，过往一切，美在其中。

我谓灵魂就是对人生一切历练的心悟。它凌驾于红尘之上，飘忽在天地之间，时而附体，时而出窍。

倘若说它是空，是佛求的最高境界。离体升天，修成正果。心悟到极致，可谓寥寥无几。

倘若言它为实，那它就是主宰人生的神灵。但凡是人，虽经历各不相同，也无外乎就是坎坷、成功、悲伤、喜悦、爱情、失恋、天伦之乐、凄凉孤独。放眼望去，比比皆是。谁都不会去想此人无灵，那人无魂。即使是行尸走肉，他还在运动着他的躯壳。那就是说，灵魂就是无所不在，并且是时时在记录你发生的一切一切。

---

① 此文 2017 年 3 月 16 日在上海市《新民晚报》发表。

现时的我，如同在翻看我多页的灵魂，回看着我走过来的一生经历，有灵的记载，一段一段，每个故事，都给了你成长的启迪。每个坎坷，都留给你征服困难的勇气。每一次爱的回忆，都留给你无尽的想象。

多页的灵魂就是人生精彩的记录者，它生于心，长于心，融于心，于心一体。悟天地，悟日月，悟人间真情、爱情。和着它的灵，遨游在红尘，梦想在天间。历经沧桑路，化作云天梯。得众已动天，美意已延年。

鼠标划到此，此页已翻过。再看下一页，余味又不同。

多页的灵魂，就是多页精彩的人生！

情感之危屋

这几天新闻频频报道，某某处的危房倒塌，以致死伤惨重。看从现场拍下的视频，断瓦颓垣，血迹斑斑，真的令人不寒而栗。急救车救起那奄奄一息的房主，我就在想，难道一座房子在倒塌之前，这些房主也好，租客也罢，竟然没有发现一点征兆吗？除非天方夜谭。除此之外，那就是你们的愚昧了。百感之余，我想起一件类似危房的情感之事来。

前几天，我突然也住进了一个情感的危屋。

一个失散六十多年相认的亲人，出身不同，生活环境不同，他北我南。初时，因兴趣爱好很相投，又加上亲情含蕴着脉脉血缘，故上演了一场人人觉得感人肺腑的“相亲”喜剧。

随着时间的慢慢推移，似乎有时颇觉在我俩之间有种你在云里，他偏说是在雾里的感觉。总让我感到每次通话都在相互辩说各自对生活的理念，颇觉累人。但也在通话的过程中，多少了解到他的性格和为人。世说，金无足赤，人无完人。在亲情这块不倒的牌子下，互解互谅。但在彼此心中还是增生出了隔阂和不快。

每一份快乐的灯火里都有一丝悲伤发出微光，它等待着被强烈的光耀照亮。

俗话说，行万事简为真。倘若你撒个善意的谎言，都暗示着你有撒谎的意图，反让人东猜西想。简言之，即使一个善意的谎言，留在我的心中，它就是一个谎言。故在剧作界也好、影视界也好，用谎言编出来的故事，总将被人弃之脑后，感动不了任何人。但若你言简意诚，你的形象在你我的世界里定有浩然正气的折服力。真情实意，感天动地！

磕磕碰碰有如锅盆碗勺，很平常的事，但在我们之间有时如天体之缝难以弥合。我就在想，难道南北就有如此大的差异吗？还真是有！哎，善于交友的我，在他眼里却变成难以交亲人的一个老妪了。几天来，我每天照着镜子，在寻找着我脸上是否有亲人不熟悉的善纹，心想我在还剩不多的岁月里，能否走出这间情感的危房？

在我忧思难耐的时候，我想起尼采的一句话，你应当追求柱子的道德，它愈升高，就愈美丽而飘逸，而内部则愈坚实强劲。

我赶紧扪着心对自己说，对已察觉到的自身的不足，犹如一根走电的火线，再也不能让它插进你的心田，就赶紧把它掐断吧。再巡看一下那情感的危屋，哪处在掉渣？哪处在裂墙？能补则补，能涂就涂。我祈祷着心中的那个心愿，那就是，天地之情，不分南北，心中那根道德的柱子，已然把危屋撑起！

如果再要走电，那只能等待拆迁，还我一个更明亮的春天。对着危房，说声再见！

对着约翰·济慈说，我将奔赴你的快乐殿堂，嘴含欢乐之酸果，除去忧郁，等待阳光再现！

亲情与友情之论说

亲情如同藤缠树，友情你我不觉疏，千情万种同在路，唯独情甲归何处。

最近上海电视台“案件聚焦”栏目经常播出的案件，很多都是牵涉到父母与孩子的房产纠纷，要不就是兄弟姐妹之间为争夺房产争吵不休，很令我反感。仅仅为了一栋房子，连父母的养育之恩都丢之脑后，一起同在一个屋檐下成长起来的哥姐弟妹，彼此用着最犀利的语言怒骂对方，为的也就是要争到一屋半茅的屋子才肯罢休。看看这些令人寒心的例子，让我感到古人那传承至今的“三纲五常，三从四德”的说教还有其根本的意义吗？

再说到友情，很多身边的好友都在今天聚会，明天携手共游四海，相互关心，谁有困难都是你帮我忙。我的一个挚友，每年从加拿大回来，行李箱装得满满的都是朋友托她带的保健品，一声怨言都没有。见面时都是相拥相抱，双方都是泪眼蒙眬，一切感恩之言都以泪水来作了回答，让人真正感到为人的真诚所在。你为他人真心付出，他人也在千方百计地回报你，不是姐妹胜似姐妹。有时真让人感到，所谓的血脉亲情可谓是你没有选择的无奈，是父母硬塞给你的打包物，就看你的运气了。好运的人就有好的哥姐弟妹，不好的人，就等着上法院吧。兄弟四五人，要饭隔门求。

我从小到大，没有亲情友情之分，谁对我付出一点爱心，我永远不会忘记。无论是年老的或者是年少的，一概放在我心中的记事本中，一有机会，定当回报。即使是亲人，做事只要没有诚信，一概弃之。我认为，亲情不是你能左右得了的，但友情是你可以选择的，这又让我想到古语说得好，日久见人心，不是亲人胜似亲人！连慈善机构的公益广告也是这么说的，伸出你那温暖的手，献出你那颗慈爱的心，关注需要你帮助的人。而没有推诿找你帮助的亲人，这就叫希望在和谐的社会，温暖在天地人间！

我的生活非常惬意，从小在我心中的两句话就是“天道酬勤”“侠胆仗义”。一切都得靠自己，宁省自家菜，不省他人饭。故我的一生就是生活在朋友的圈子里，如同在美丽的春花园，五彩缤纷，各有千秋。如同在宽阔的海洋，看到的是今天你在起浪，明天他在荡漾。又如同坐在天地之间，今天他如阳光，暖着我的心肠，明天你又似月明清亮，给我静谧安详的笔墨书场。总之，每天的微信，给你的是关怀和微笑，丰富的是你的知识，赞美的是你的创作和对生活的情调。

今天突然一个远方的亲友在微信上对我讲了这么一句话：“姑姑，你这个人是视朋友为重的人，把亲情看得很淡是吗？”我回了一条微信“我既然来到了这个世界，我就不会生活在狭小的所谓亲人的圈子里，我看人不分亲人和友人，只看此人的道德品质”。

我处世为人的原则，就像一个花匠，芟繁剪秽，不但要让这棵树越长越茂盛，而且更要让它能起到避雨遮阳的作用，而决不让废藤缠树，七里缠到八里，使一棵本应发挥其美站在街道两旁的树变成黯然失色的枯萎之躯。亲情和友情，不以此薄彼，好好地与人相处，因为你食人间烟火，这就是我对亲情和友情之论说。

心阔如海纳百川，万情使然善为先，感恩不分豆和萁，一人走路万人伴！

幸福之家

一个偶然的机会，我一不小心触到了我的 ipad 上微信的那个软件。我就试了一下输入了几个相应的指令，因我没时间去玩微信，随后就关闭了此软件。像任何事都没有发生过那样，没有再关心过它。

一天和朋友在喝咖啡的时候，她频频地在收她的微信。过后，她对我说，你怎么这几天没有微信的信息了？我不解地问她，我没有上过微信呀？她就拿出她的手机给我看，不看不要紧，一看吓一跳，我试着在微信上输入的那几个指令都一个不差地全在她的微信页面蹲地而坐了。这时脑海里就一个字“傻”。目瞪口呆的我，顿时感到我现在所处的是一个互联网时代，心中狠狠地对自己说，你不要搞错掉！！！它比我想象的已先进了 N 倍了，我被深深的 out 了几千倍，如同被人丢弃在深邃的大海，不是一头雾水能解释得了我那已近脑石阻塞的大脑，即使有人质疑达尔文的人类进化学，我倒还是同意他对人类应该进化的学说。

带着无灵的躯壳回到了家。马上打开了我的那个“哎，呸”（ipad 的谐音）。又是一个不看不要紧，一看吓一跳，页面上全是要加我的好友的信息。我这时却安安静静地一步一步地根据指令操作起来，不懂就立马电话问我的好友请求指导。这时的时间对我来说已是一分钟似乎只有半秒，呼哧一下就已是后半夜了。当躺下时，一点睡意都没有，满脑都是微信的界面。这才感觉到，当代人的幸福与疲惫。那整天低着头不看阳光、只顾屏幕的人群，因那个屏幕里面有着全宇宙的任何星球，不缺太阳和月亮，自个儿笑自个儿哭，多自在，哎！我在微信的界面中沉沉地睡去了，等待来日的“叮咚，叮咚。”

果不其然，叮咚个不停。一看，我的好友已把我加入到了他们的“幸福之家”。一看这个标题，就备感温暖，我急忙看我的好友都在聊个什么东东，还是不看不要紧，一看怕跌跤。搞笑的段子层出不穷，再配上搞笑的动画频出，笑得我真想揍他们。这一天，我什么都没做，跟着叮咚声一直玩到凌晨，页面出现熟睡冒鼻泡的孩子才关机。

微信这个在互联网的时代，的确无法用语言表达它的完美和给人类带来的一切悲喜哀乐。再想想人类的智慧是何等地在跨越着时代的天堑而突飞猛进。我想想自己的脑子似乎都比不上豆腐了，我呆了。当好友们又在新的一天关怀着你、呼喊着你，给你清晨的问候，给你呈现春的花朵，又给你看着感人肺腑的视频、正能量的人生哲学，我那微颤的手指都划出格了，但我还是在那点、点、点，划、划、划。

点出幸福之家给我的安慰和快乐，我想象中那美好的幸福家园中的你、我、他。划出那幸福之家的每一个成员，那些美丽的、日新月异的照片令我陶醉。还有他们的孩子，都似乎天天在你的身边长大。一个号令，立马定桌聚餐，山呼海啸，美食填满。

微信使我的生活幸福指数逐日升高。幸福之家是我精神的依靠，好友的信息使我知道他们奋斗的目标，年老的我有他们的挂牵，不至于丢失后没人找。

以此文谢谢你们对我无微不至的关照。

血 奶

江南梅雨阴连天，一庭花草湿愁眠，静听舒雨滴梧桐，窗棂格格水缠绵。

知青时的挚友打电话给我，想来陪我聊聊天，解解梅雨带给人的那样不见阳光的日子所产生的季节性郁闷。

一场大雨把她给淋到了我家，只见她大包小包一身湿漉漉地进来了，我憋不住地问她，带的什么东西？只见她笑着对我说，中午饭。一个很为他人着想的善良之人让我感动万分，四十几年来的友情，可谓朝暮相惜，如同拂抚琴弦，音谐曲更美。

当我把早已准备好的蔬菜饼干交给她时，我顺便说了一句，这饼干是我在北大荒有机会馆买的，这几天他们又在大打牛初乳的广告了。她微笑着对我说，那不就是我们在农场时常喝的血奶吗？哎，真是岁月共筑心的天，那曾经共同生活的经历难以忘怀。一段美好的回忆又在脑海里迸发出绚丽的火花，我想立刻把它写下来，那浓浓的友情给我们在那个特定的时代、特殊的岁月和艰难的生活中，留下的美好一页。而在当下，有比它那么沁人心扉、感慨万千的吗？

血奶就是当下最为时尚的食品，谓之牛初乳。

但在我们那个时代，血奶是不招人待见的，也就是说在奶牛第一次下崽时的出奶，牛奶公司是不收的，必须待奶牛产出无血的奶后，才可以回收到牛奶公司。故在当时，卖给连队职工的血奶才一毛一斤。虽说血奶不值钱，但在我心里，它就是我生命中一道无可比拟的琼浆佳肴。

记得那一天，天下着毛毛细雨，也是正值上海的黄梅天，我因病没有去出工。一个人坐在板凳上望着绿绿的稻田，孱弱的身子一点力气都没有，看到大伙儿都在汗流浃背地工作着，颇觉失落。

这时在田埂上，有一人缓缓朝着我的宿舍走来，定睛一看，是我原同宿舍的一个好友，现已调到养鸡场工作，她的青梅竹马的恋人也已调到奶牛场工作。我就想，她怎么有时间来看我呢？还没想完，她就到我眼前了，只见她手里提着一瓶子白白的液体，对我说，我听说你病了，我就叫他帮你买了一斤血奶。我抽个空赶紧给你送过来，怕潮湿天坏了，你今天一定要把它喝完，说着就撂下血奶走了。

看着她离去的背影，我泪眼蒙眬，心里想对她说千百遍的谢谢，这一幕如同一张老照片，永存在我心里。直到今天，仍是那样清晰地留在我的脑海，呈现在我眼前。我照她的说法喝起了那带着血丝的牛奶，因为从小我很爱喝牛奶，所以我没有感到有什么如别人说是恶心的感觉。一直到晚上临睡前，把她带给我的一瓶都喝下去了，沉沉地酣睡了一晚。当我醒来时，就感到我好像换了一个人似的，精神得不得了。然后就跟着大伙儿出工去了，一天累下来还行。我真是太感激我的好友给我的关怀和帮助了。

不想此后，我的好友隔三岔五地就会送一瓶血奶给我，不知怎的，自喝上血奶后，我的人就像被吹了的气球一样，一下胖了起来，衣小了，裤窄了，整个人肉乎乎的。一天回到家里，妈妈一见到我就说，你怎么又发育啦？我的衣服看来你也穿不上了，是不是你吃过多的山芋了？我朝她白了一眼说，我喝了三个月的血奶了。妈妈用诧异的眼光看着我，什么叫血奶呀？我就告诉了她。她对我说，你不能喝那么多的血奶，你吸收不了这么多就会发胖的。几天在家休养，只见妈妈在找衣服帮我改，改，改。邻居们看到后，都开玩笑说，你就像刚生完孩子的少奶奶了。可我对着镜子看看自己，一个白白胖胖的知青，只要能出上工就行，管她是少奶奶也好，烂山芋也罢，我仍风风火火地走在大街上，逛我的书店，买我的萝卜干，拿着妈妈帮我改好的衣服，笑盈盈地回到了连队。

当我的好友知道我妈妈不让我再喝血奶后，她就送养鸡场的喜蛋来给我吃，那又是一种美味，我就又吃了起来。此后，胖一直伴随我，直到好友上调后才回归原样。但不得不说的是，自那以后我很少生病，该感恩的是，我的好友养肥了我、养健康了我。

这个血奶可不是简单的牛奶，它是一个奶牛要养它的乖崽而呕心沥血的甘露，却让人硬把它挤出来，还不待见差点扔掉的东西。但是那含血的牛初乳却滋润了我的生命，让我感悟了友情的可贵，感恩我的挚友和她们的爱心，一直到晚年我们都是如此的心心相印。因这里面蕴含着丝丝的血和纯洁无瑕的关怀，那白如仙水的友情奶，是多么令人赞叹！

我如同登上了白云山，如晋代陶弘景的诗所描述的那样：山中何所有，岭上多白云，只可自怡乐，不堪持赠君。

血奶带给我的就如其诗之意，一切美在不言中，难剪佳境与人共，情到深处自在心，品酒各分杯与盅。

在送挚友回家时，两人在淡淡的微笑中感到难以忘怀的岁月留下的真情是那样的难舍难分。再回头，时间是那么快地在匆匆流去，前一天的结束，就是后一天的回忆。任何在我身边发生的事情，我都会记住它带给我的美丽。我都会感恩一切事与物、人和情。直到与蓝天相吻、与天河共浴。

悠悠岁月似水长，人事代谢成古往，不知江月待何人，但见长江月下浪，同是路来同条江，留下真情永难忘。

打电话给送我血奶的好友，下星期见！

浊 浪

不知谁说过这样的话，气清而上浮者为天，气浊而下凝者为地，中间清浊两气相混者，皆为人！

我谓人如同岁月一样，是一条长河。可谓清水浊浪平行涤荡，泽波缓缓流向远方。

在发生争执的情况下，我的态度是，我先阐明我的观点，然后再聆听他人的意见。基本原则是求大同存小异。但事后，我仍会在有分歧的地方做一下反思，以明自己存异的地方有否欠理和违逻辑，以此为增加自己思维的能量。

近期，网络上有关很多名人的庭审报道和众多网民的评论，可谓翻江倒海，顾此失彼。

在这种人言纷纭的时候，我一般不会去参与，看看论说的种种观点就可以了。因为在这谁说了都不算，作为一个听者也好，看者也罢，自己有个大概的判断就可以了。

没想到这新闻还真热闹非凡了起来。我和我的侄儿还真对上劲了，因为他是一个功底深厚的作家，他的思维方式绝对优于我的看法。他罗列了种种他亲身的体会，很有说服力的事情真相。我的一些看似带有哲理的评论在他摆的事实面前，颇显黯然失色，我们的分歧就此产生了，我的言语还犀利伤人。

一晚无法合眼，我在想，当下不闻国事的人还真不多，像我这种事不关己、高高挂起的人还真显弱智，唯一的解释就是丰衣足食、静心养身，悄悄地走向生命的尽头。

但是我的侄儿却觉得我对他的论点有生气的迹象，而觉歉意。在我明白我的不足之处时，我的心很痛很痛，我由衷地从心里对他说，我很疼爱你，因你有智慧和心胸接纳我这区区老妪。

这时只听见他在电话那头声声地在喊“姑妈，姑妈”“姑妈，姑妈”。

可此时的我，心中的那两条清浊浪却翻腾了起来，浊浪正在涤荡着我那不合情理的思维，正在载走我那得理不饶人的坏脾气，顿时清溪缓缓流来，似乎它壮大了，因有浊浪的洗涤，清溪更清了。仿佛浊浪在告诉我，我在这一头逝去，将在那一头以涤荡后的浪起流进你的心田，它将是甜美的。

我犹如白石在溪边，清波自净，浊浪远行。

孩儿，相交要学水长流，驱浊留清伴日月，水善利万物而不争，共勉之。

拔苗助长的论说

拔苗助长这个成语对中国人来说可谓人人皆知，而类似拔苗助长的事又可谓屡屡发生。

遇事总想走一下捷径，遇人交友总想第一时间能了解个底细，栽树种花总想一夜结果、一晚吐艳，故常在梦里出现一树树舒葶葱茏、百花露媚相争容，美不堪言的梦中景。唤醒一代代人追求梦里的现实，以至在最平常的日子里，有各种的梦中情、梦中景，如同画笔在每个人的心中涂抹着，怀揣着在人间寻寻觅觅。

故人间的天堂如此让人深迷不醒，因它太美了，不想醒来，又不想永远不醒来，故有白天及黑夜。

那蜂飞如织的茫茫人海里，看着人来人往如穿梭般的织网中，不难想象，他们都在寻觅着自己的梦，梦中的佳境。故那鳞次栉比的高楼大厦也好，幽静而精致的别墅也罢，宽阔的草原、一马平川的原野、喧嚣奔腾的黄河长江、崇山峻岭都是梦的题材，而正是这无穷的题材给了人类一代又一代创造的灵感。给城市抹彩，给山河添色，为人类的进步和生存创新了无穷的条件。可谓是一部手机全搞定。连远在天边的七夕鹊桥、天上人间，一键全在眼前。天醉了，地醉了，人醉了。

我很爱做梦，并很爱把梦中的事牢牢记在心，我总跟自己说，这是你的功课，必须完成。

我的性格又如疾风，故常常会犯拔苗助长的错。念书时，只要一拿到新的教科书，就会把书从最后一页倒翻看到第一页才罢休。每买到一本新书，也是倒看过来，一旦看到的结尾不称我的心或是荒诞无比的，马上一弃了之。

妈妈不知多少次批评过我，做一切事都要从头到尾、扎扎实实的一步一个脚印，这才能把事做踏实了。不能急不可耐，否则如同拔苗助长，必死无疑。而我的死理是，我在世界上的时间是有限的，我不能这样奢侈地浪费我的宝贵人生，只要事能办得可以到位，我必选捷径而行。为了能看更多的好作品和认识更多的心仪作家，我选的书必从最后一页翻起的。扔的不少，但效果还真不错。因我的这个观念对网络如此发达的当下来说，真省下我不少时间，换来我更多的选择空间。因我不是拿榔头的夯实夫，也不是搞科研细胞浆膜学者，我只是一个过路的看客，目不暇接，故我行我素，悠然自得。

今晨与我那灵气十足的挚友畅聊的过程中，她听了我对要求改变某些人生活理念时的想法后，一句“你不能拔苗助长”，使我顿开茅塞。我会意地朝她大笑了起来，我说，你此时的点拨与我母亲的教诲如出一辙。

是呀，我过后越觉这句话越有想象，我和侄儿从小生活在南北两方，仅仅相认了九个月，就想要把对方的生活理念来个颠覆倒转。我也是急得一夜想刷他个雪白。弄得我侄儿不知所措，但他毕竟还是一个有思想的人，尊我为长辈的他，还是择理慢慢叙，得改的立马改，至于效果如何不得而知。

煮着侄儿带给我的家乡玉米时，我的灵感又来了，我想就是在当下，为了让世界上那么多的人不挨饿，能让过去一年才收一次的小玉米，一年才能出一头猪和一只鸡的所谓有机的农业。科学家弄出来了个转基因种子，种出的玉米是又大又好吃，亩产又高。如今不缺的就是猪和鸡。我想搞生物工程的人，一定是有过想拔苗助长的思维的，但拔苗助长显然行不通，那就在地底下少睡点时间，但原理还是建立在“拔”字上的。

我最讨厌的就是不用自己的脑子，用他人的脑子来支配自己的事。但我喜欢听别人的话语来触发自己的灵感，因别人的话语和自己的味道不同，但他必须是一个有灵感的人、有智慧的人。

我认为转基因就是拔苗助长的后继行为和成果！连人间的爱情现在有几个人还在谈他个地久天长的呢？一夜情也充满了对爱情那“拔”的味道。

既然不能不吃转基因食品，为了活着，就让自己的脑子跟着食物也转个基因吧，总算还没在呆脑之前可以玩玩电脑了，总算在百寂无聊时可以玩玩手机了。

所以说，什么样哲理性的条条框框，都有它的前说和后说，如同海的沙滩，必有前滩和后滩。不是吗？上海的房地产业不是也进入了世博的前滩和后滩了吗！一句话，梦想才是人类发展的真正导师。

我对这喷香的玉米说，你这么的美味，就是“拔”的成果。纵然离不了土壤，我就不再拔你了。因我离地下不远了，就待来世我必转好基因再投放人间，否则我怕做不了新时代的梦了。

还是回到现实，做事还是得一步步地来，急不得，既然此苗是入在土里的，那是万万拔不得的！

但现在已有不用土壤的植物了，你拔吧！哎，我倒不想拔了，因能看到它那美丽的根须，挺青春的，又能快速看到它的成长过程，花艳就在眼前，我满足了。让它踏踏实实地长吧！

可我的思维也许在别人眼里也就是个上海滩的老海猪脑，转基因的食材炸出的火腿肠吃得嘴都笑歪了。哎，说得也有理，转得好吃甜如蜜，转不好吃就不是东西了！

心的暖衣

柳树拔高渐遮路，夏蝉鸣声传进屋，晚数繁星没见少，时流白鬓两相缚。

幼时的发小相约见面，一晚难以入眠。那时在一起玩耍的时光和度过的岁月，犹如淡墨浓彩，有形而悦影。又犹如翻看着历史的文本，心中温情回荡，那逝去的年华，在心中却是华彩乐章，难以忘怀。

那年，那月，那日。

我最可爱的发小到农场看望我。因为他最爱吃螃蟹，所以我就想带他去镇上买，但是那天却大雨瓢泼，田埂窄细又绵长，难免滑滑难行。两人一前一后在凌晨四点启程，在黑黑重墨的天色下，一步一步艰难地向乡镇走去，可见那时的一只螃蟹有多大的诱惑力，而年轻时我们的那股馋劲又多么令人不可思议。

突然，我听到身后一声巨响，回头一看，发小不见了，他一下大声地叫喊起来，只听见河中的发小在大声呼喊："我滑到河里了！"天色那么暗，好不容易才把他拽上来，我就让他回宿舍了，我继续一人前进。

天不帮忙地恨天。慢慢走着走着，我心里也有点恐惧感了，结果，又一声巨响彻底把我吓倒了，我不知又有什么突发事件将要发生了。回头一看，一头大黄牛掉进了河里，"哞，哞，哞"在大叫。见到村民出来了，我头也没回就一人快步跑出了田间，这时天已经亮了。我心颤颤的，立马在公路上拦下了一辆劳动车，抱住了拉车人来到了镇上，看着乱动着的螃蟹，和着仍在蹦蹦的心跳，买下了几只螃蟹，终于可以满足发小的心愿了。

又想起在那个时期，发小的父母都是上海市最大国企的总工程师，又是烹调的高手。我们在逢年过节时，都上他家去吃饭。令我最难忘的一次，大年初一中午，当他的爸妈已上了满满的一桌菜时，盘子还没有放稳，口水已溢满了我的整个口腔。就在大家准备动手尝味的当儿，只见他爸手举着一个大盘放到了桌的中央，一个香气扑鼻的香酥鸭呈现在我们的面前，我都惊呆了。那个美味，使我都不想在今天点菜时点个香酥鸭，以免搅乱了我思念他爸那时对我们兄妹的爱护之情。

在今天大盘小碟的荤素佳肴前，讲的最多的还是儿时我们哥姐几个一起在他家吃夜宵的那个爽劲，一人一碗泡饭，四个留下的剩菜，稀里哗啦一下空盘空碗，暖暖地打道晚安！

精彩的小题大话说个没完，我在大笑中听完了那些美丽动人的回忆故事，却又在感动中回忆着发小父母对我们哥姐仨的关爱之恩。在一起用餐时，发小的哥俩对我的照顾令我不得不说，我们虽是邻居，今天看来，亲如一家，那关怀的程度几次让我泪水盈眶，心像穿着了一件暖衣，紧裹难舍。

我默默无言，心想是谁给了我幼时的温暖、爱的摇篮。我在低头思念，望着天上人间，心花为您们在开。我脑海中的昨天，仍清晰记得您们给我爱的田野、心的浇灌！

岁月流逝缓缓过，真情暖暖似衣裹，原野永润云水间，今生同唱一世歌。

对牛弹琴的感悟

这几天在家很安静。因假期股市休市，股民朋友都外出旅游去了，电话少了很多。一人在家翻翻旧书，听听自己喜欢的古典音乐，煮上一杯咖啡，浓浓的香味和着书页的翻动，真觉旧时在咖啡吧的那种典雅的环境给你的幽思。浪漫的情愫蕴于心中，静默思考着人生的无限感悟，喜乐悲哀，和着音乐的节拍，脑海里时不时会蹦跳出许多的过往。

突然我被那曾经的一件趣事激活了回忆，品了一口咖啡，随着往事，又重回那曾经的岁月，有着和咖啡一样的浓香，令我陶醉在时间的分分秒秒。

那是当知青时的一天，我从上海旧货店买了一架十二贝司的手风琴欢天喜地地带到了连队，那可是我一年半攒下的三十六元钱买的二手货。天天收工后就自学自练，好不容易拉出了我自己喜欢的歌。每天就在那儿自唱自弹着，和着夕阳的余晖，把自己一会儿融进微山湖中，一会儿又把自己拉进地道战中，又仿佛来到了加拿大的红河谷和莫斯科的郊外，醉美醉美的。在那个时代，可谓是自我陶醉在天地之间，五彩的晚霞映衬着绿油油的麦浪，静静的小溪潺潺地流在我的身旁，一人独处在防风林中，别提有多开心了，其中的滋味现在回想起来比在咖啡吧绝对有过之而无不及。唯一的不足之处就是，每当我回到宿舍时，我的两脚却奇痒难忍，因林中的蚊子太多了。但我仍是喜欢在那里，和着琴声，望着美丽的晚霞，想我的妈妈，想我的朋友，想我的明天，想……

一天，连队放短假，因我没有假期了，就没有回家。这天下午，天较热，收工后，我一人在寝室颇觉无聊。我看到一头最熟悉的老牛从窗前走过，我突然想起“对牛弹琴”的这个成语来了，我这时脑海里晃过了一个想法，我带琴去牛棚对着牛弹弹琴，看看牛到底有什么反应。我常常会用自己的行动来证实一下，前人所说的有些话到底对不对。比如，我最喜欢看的最有幻想的地平线到底能不能跑到它的终点？以至于跑到累躺在地上动弹不得，才明白妈妈告诉我的话：“妞，你看那边的地平线，它好像是离你很近，但你永远到不了它的跟前。因它是一个远视角的错觉，不是一个真实的距离。它是天造的乐园，你可以永远看得到它，可它却离你很远。”我当时不能全明白妈妈的话，我用我的行为去证实了它，确实如妈妈所说的，它是只能想象、不能到达的一个我心中梦的天堂。

这回，我的傻劲又犯了，我背上琴，来到了牛棚前。坐在棚边的草堆上，对着这头老牛就拉上了我最爱的几首歌。一边拉，一边看着老牛的表情，毫无动静。我再拉响一点，还是没反应，牛眼还是呆呆的，连多眨一下都没有。几首歌下来，老牛仍是趴在草堆上，一动都不动。我想它大概是在听的吧，我这时已热得汗津津的，它就是没有反应，失望的我就停了下来。这时只见老牛突然一下站了起来，我高兴地想我的愿望将要实现了，牛是懂音乐的呀！哪知听到“哗”的一声，老牛拉了好大的一坨屎，这叫什么回报呀！我好热的天来给你拉琴，就这德行？连头都不回，走人！在回去的路上，我对自己说，你又输了，真是不听先人言，吃亏在眼前。又对自己说，不试不知道，试试辨真道。由此可见，对牛弹琴，先人早就对牛弹过了。由此悟到，成语就是铁语，你大可不必再浪费时间去证实它了，似乎老牛那呆呆的眼光在告诉我，看你傻的，不给你一坨屎，你还得拉下去，你拉还不如我拉！这坨屎，真够教育我的。

但从这件事后，我看人和动物的眼光都变得很敏锐。在这个世界上，万千世事不可能你一一都会懂，总有那么些个你是不懂的。也就是说，你可能有时在背琴对牛弹，有时又是别人背琴对你弹。从中我学会了，当我看到别人的眼光如同牛眼呆呆时，我立马闭嘴。当我听不懂别人对我说的话时，我立马学着牛眼呆呆地望着他，希望他也立马闭嘴，他如不闭，我上厕所逃避。

岁月如歌，你弹我唱。人生如梦，你追我想。万事如花，你开我放。牛琴背向，知道拿起，懂得放下。

活到这个岁数了，生活对你的历练都如粒粒珍珠，可谓宝贝呀！因时不时就有一颗珍珠在你眼前一亮，就让你想起它来到你生活中的那一刻，给你带来的酸甜苦辣。经过岁月的珍藏，它颗颗璀璨烁烁，价值不菲！

对牛弹琴的感悟就是那时的一颗珍珠，在心盒里藏着呢！

杨绛先生的精品人生

最近因杨绛先生的去世而引发了一场不小的舆论大战。当全国上下都在为中国逝去这么一位文坛的精英而痛惜时，却被一帮自诩为当今文坛敢说敢叫的最有发言权、最懂中国文化的、最懂文明的“知识分子”的片片杂七杂八的贬人碎文而晕倒。

当看到这些有来头的“知识分子”所写的、近乎声讨在世时的杨绛先生的所作所为的文章时，真的消费了不少国人的时间和精力。不但没有得到梦能实现的效果，却毁去了本应属知识文人懂得什么叫芟繁留萃、讷言三分的高贵品质。

凡人不是九九金，能在云上必是瑾，谦学先人之高处，以免鸿儒变白丁。

但当我在费时又费力地看着这些篇文章时，好笑的是有一名作家和一名评论家，以前呼后应的方式来分析杨绛先生是不是一位文学家，又是不是一个有良心的知识分子。最好笑的是唠里唠叨到最后的一句话“中国只有读书人，没有知识分子”。这句狂言像极了影视中的 3D 画面，一把繁齿薄柄的大刀正在秒砍着千年的大树，而被风吹下的叶子却秒碎了这把刀。真像是一把破刀，既毁不了树，连片叶子都能毁了你，可谓毁人时是自毁。既然知道自己也只不过是个读书人，又为何写个愚论来夺取真正文坛舆论的眼球呢？一坛淤泥能与玉璀相媲美吗？

树分三六九枝，人分三六九等，人与人之间能相互沟通皆为容天下而生，可谓人在天堂不再论，有理在世尽管争，文人相轻如糟粕，自毁形象无人尊。

当看到杨绛先生将她的身后所有财产都一一捐赠给国家的时候，我真的被杨绛先生的人品感动。什么是当代最伟大的文人和知识分子，这就是！

这时候突然3D的影视又呈现在眼前，杨绛先生手握着一本书，朗诵着她翻译的一首诗："我和谁都不争，和谁争我都不屑，我爱大自然，其次就是艺术，我且以生命之火暖手，火一灭，我就走。"画面中的杨绛先生在诗歌的绵绵低吟中，飘飘悠悠地升上了天空。天空中，钱钟书先生和她的女儿钱媛一起来接她，他们仨相拥着奔向了琼楼玉园。

突然天空洒下了雨点，滴滴打湿了在仰望着他们的我，风儿也在柔柔地吹着，立马让我想起中国道家之师庄子的一句话"朴素而天下莫能与之争美"，即如果一个人能保持淳朴本性的话，那他就是这世界上最完美的人。似乎也在告诉那些和她争的人们，不要再用所谓的愚论来迷惑舆论界，中国不缺读书人，更不缺有作有为的知识分子！

庄子又说过"道隐于小成，言隐于荣华"，主观偏见会妨碍对真理的追求，花言巧语容易掩盖真言。人生在世，就如杨绛先生那样，遵循了庄子的格言："至乐无乐，至誉无誉""举世誉之而不加劝，举世非之而不加沮。"她做到了。

尊师守道，尊贤为要，自循规矩，洵属可敬！

教养、修养在信仰中求索

每当看到屈原《离骚》中的句子："路漫漫其修远兮，吾将上下而求索"时，我就会被他那充满艺术内涵的词句而醉倒，无论此时他的心情有多糟，但他的心里仍在美的天地山海、花团锦簇中求索着他那爱国的崇高理想。在我的心里留下的感悟，就是人生在灵魂上的所依所靠，即为信仰之真谛所在。

茫茫人海，无人能过往而不留痕迹，但往往会在渺茫的人世间，沉浸在滚滚红尘中不能自拔。又会在世俗混沌的纸醉金迷中，丢失了自己原本纯真的高贵品行，而堕落成令人鄙视的人渣。那就是你的心中没有看似无影无踪的、能使你有着崇高理想的、有着修行教养意义的那座灵魂的尖塔，信仰之伟大的存在。

世界上无论哪个国家都有它的信仰，信仰就是被尊为人生最崇高的理想。但无论怎么去理解信仰的崇高境界，唯有一点不可混淆，"那就是信仰绝不是知识，而是使知识有效的意志决断。"这就是德国哲学家费希德的一句对信仰的精辟之语。

我认为他的解说精髓之处在于，每个人自己的知识面无论有多深广和浅薄，心中那朝着信仰求索教养和修养的目的绝不能缺失，如同我没有能力高屋建瓴，那就低首耕耘，我没有能力跨越长江大海，就心怀小溪。我不能事事如愿，但我朝着正确的理想而小步前行，使自己在教养、修养上，明确得到提升朝着信仰之路勇往前行。心宽如海，海纳百川，川流不息。

当你爱着自己的祖国、自己的民族，作为祖国的一棵小草也好一粒沙尘也罢，我也必须注重自己的教养和修养。虽然教养的培养牵涉到的方面很多，例如出生环境、父母的教育、父母的文化程度等等。但是修养就没有那么苛求了，那就是无论什么出身的人，只要你有理想，能在道德之律令下的自由中，择善而行，携爱于世，给人以阳光般的温暖，以自己的智慧在崇高的信仰中求索最完美的人生。如同，莲花佩戴于前胸，莲叶摇曳于风中，静溪无人月下眠，独我慧心自如峰！

真如托尔斯泰所说，信仰就是生命的车。一个人在漫长的生涯中无不在四季的春夏秋冬、人情世故的繁琐中求证一切的生命价值所在。正确与错误，凭借自己获得的知识厚薄，乘着自选的信仰之车，一路求索，直到永远！

信仰真可谓是教养和修养最佳的求索之神！

人类学的启喻[①]

国庆长假，去一个很有气场的购物商店，可能出游的人很多，故商场内比平时人稍稍多了些。但仍保持着它那特有的高档、奢华，在这安静中带着一种凝重的感觉。看到营业员小姐那热情的微笑，在灯光下每一个商铺都有不同的特色，那些世界著名的品牌更是耀眼夺目，让人驻足难离。

我慢悠悠地东游西逛，享受着这高层次的购物环境，看到我的祖国在如今繁荣强大与我十几年前到过的欧洲也好，二十几年前生活在日本的那时也罢，只有超越他们的，没有比不过他们的。顾客和营业员之间的沟通也很到位，人人都礼貌相处，让我感到文明在此可圈可点，即使东西贵了点我也觉得很值，因为我享受到了人类文明带给人的尊严和满足。

就在这时，突然听到隔壁一个卖床上用品的商铺有争吵声响了起来，只见一个管理员快步跑到这里，首先她是安抚着顾客。原来这个顾客用刚吃完点心的手在摸非常漂亮和干净的床单，当服务员上前阻止她时，她还用粗话侮辱营业员，真让人感到在这种场合的确有失偏颇。在管理员安抚她的情绪时，只听见她还在大声地喧嚷着："你们看不起外地人，床单嘛就是让人摸的，否则我咋知道它的柔和

① 此文2015年10月9日在中国作家网杂文类头版第一名发表。

度……”

看到这个场景，康德人类学的哲理一下子出现在我的脑海，即人的外形与本质、自由与律令。

康德说过，人类的本质与其外表在形态上存在某种关系，人有多方面的本质，自由、创造等属性能影响人的体貌，而道德、心灵则不一定这样。

他又说，人体是自由的，但必须在有伦理律令下的自由才能算是真正的自由。

其实看似康德的哲学很深很难理解，其实在人类行为的面前，可谓一看就明白，人的面相并不是天生就写在上面，是好人，是坏人，有教养，没有教养，而是在人生历练的过程中，要将道德律令来改变自己的行为，即知道如何把自己的快乐和不快乐传达给别人，这就是当下最好的比喻，即谓正能量和负能量。

一个人的行为也代表着整个人类文明进步的见证，不要把自己的任性自由，不加束缚地任意挥发在公共场合。也应感到做错事后的羞愧，更不应上来就指责对方，而是出错就立马道声歉，一切都可在谅解的范围内处理，那该有多好。

因她最后的一句话说到三个字“柔和度”，我想她不是一个没文化的人。这时我就走到她面前，低声对她说：“你是一个有文化的人，息事宁人，你能到这里来，他们不会看不起你的，他们只会给你尊严，如你不想买的话就悄然离开吧。”果然，她听懂了，就慢步离开了。

看到她那有点自觉过分的表情，我想此人的道德和灵性还是有的，我感到回去后她会自愧修正的。巧的是，我们在各自回程的路上又遇到了，她对我微笑着说：“今后我会注意的。”我也微笑着朝她点了一下头，摇手拜拜。

回想往昔那先人的哲理真可谓精辟到位，没有一个人可以脱离哲学范畴活在这个世界中，无法用语言来描述我对他们的崇拜和敬仰，那就再引用康德的一段名言来结束我的这篇文章。

有两样东西，愈是经常和持久地思考它们，对它们日久弥新和不断增长之魅力以及崇敬之情就愈加充实着心灵：我头顶的星空，和我心中的道德律。

今天的这件事，可谓是康德的人类学给我的启喻。即谓人类的道德律令，每个人都必须遵之。

天耀中华

一天震撼万山河，一日中华耀宇歌，一片奇兵雄姿撼，一轮天地唤世和。

抗战胜利七十年的今天，中华民族历经千辛万苦，乾坤浩荡千百年，终于屹立在世界的东方，告诉世界上所有的人，侵略终将被降，和平才可生旺！尤其警示那到现在还在虎视眈眈瞅着他国疆土的国度，寻衅闹事，非分想抢割别国的领土，真不知山高容岭低，海阔纳微川。

纪念中国人民抗日战争暨世界及法西斯战争胜利七十周年阅兵式，在高扬的五星红旗下，庄严举行。

正看电视的我，忽接好友电话相邀聚会，去还是不去？只听好友说，你现在快来，如有漏看的回放补憾。对好友的真心相邀，立马上车赴约，结果一点遗憾都没有。车上人少，移动电视清清楚楚地在播放着阅兵仪式的实况，那一队队英姿飒爽的男兵女将，那鲜艳的五星红旗引领着方阵队伍雄赳赳，气昂昂，强大的气场震撼着每一个观看的人们。当队伍走过令人尊敬的主席台时，一声令下，大家齐眼凝望着，天安门，我忍不住泪流于襟，对我热爱的祖国，对我如今强大的中华民族，心里大声地在说，天耀中华！

当我下车时，更感动我的是，车站对过的一个很小的停车亭前的移动电视前挤满了人，都是过路者，可见大家谁也不想错过此时的分分秒秒。这时有呐喊声不断传来，看去，有年轻的小伙子挥臂向上，原地蹦跳着，那种激动的心情唤出了他青春的活力，同时也看到了年轻人那颗爱国的心。不知怎的，我一路走一路在想，六十多年来，我看过的阅兵仪式不知有多少次了，我本人也参加过一次。唯独这次特别震撼我的心灵，也是让我流泪最多的一次。

一敲开好友的大门时，原来流泪的不止我一个，好友也在热泪盈眶同时欢笑地迎接着我。一看我的座椅已被安放在最好的位置，对着他们那台高清的电视机，荧屏上顿时飞出五彩缤纷的直升机，在那晴空万里的蓝天上，如同撒下千古中华文明的鲜花，让天地为之呐喊，让世界为之喝彩。热血在我的心中奔腾着，我真想再回到青春时期，大喊一声，我的祖国，我爱你，我可以为你付出生命！曾是话剧演员的好友，突然放开嘹亮的歌喉，唱了我最喜欢的一首歌：天耀中华！

在那万千只象征着和平的鸽子翱翔在蓝天时，和着那如同彩云般的气球，一片祥和之光照耀着我们中华民族，一个有着千年文明古国神韵底气的中国，令所有的炎黄子孙感到天耀中华的意义所在！

吃着好友亲手为我做的可口饭菜，心中一直在低吟着，风雨压不垮，苦难中开花，在东方巍然屹立，迎接新世界的晨曦，真心祈祷，天耀中华！

我的中国梦

踏着夕阳在林中的傍晚，我悠悠散步在野花繁草的小径上，绵绵的思绪涌进了我的脑海，望着夕阳的余晖，如同七色彩练披洒在荷塘柳叶、桂枝睡莲、庭园窗前，那是多么美的一幅大自然的画卷，如梦如幻。我倚在桥栏上，聆听着潺潺的小桥流水。小鸟鸣叫着归巢的呼唤，和着微熏的晚风，看着天边的云彩渐渐地暗了下来，我似乎在半醒的状态下，一一回忆起我那爱做梦的童年、青年、成年和晚年。

那是在少年时代。

曾经的我在一个晚上做了这样的一个梦，梦里我来到了一个宽阔的庭园。幽雅无比，花红草绿，鸟语花香……我奔跑在那无垠的绿草地上，望着那蓝绿相映的地平线，兴奋得恍如我的身子在升向天空，我身轻如燕，飞翔在那梦里的天上人间。我醉在梦中不肯醒来，我不想睁开我的眼睛，我怕刚升入天空的我，一睁眼就又掉入凡世俗界。

妈妈在叫我起床，我一百个不情愿。当我听到学校上课的钟声响起时，我仍不肯急步跑进教室。我宛如一个呆子，一脸茫然。在老师和同学那怪怪的眼神中，坐回了我的课桌旁。一节课下来，我什么都没有听见，那个美丽的梦还在我的脑海里回荡。当老师把我叫到办公室问我为什么上课迟到时，我就滔滔不绝地和她讲起了那个令我陶醉不醒的梦来了。

我那善良无比的顾老师告诉我：“在你今后的人生中，一定会有机会到达那个你梦中的仙境之处，你一定会看到令你魂牵梦绕的美丽庭园，这就是梦给你的希望。在今后的日子里，你会不断地做梦，不断地有新的希望陪伴你的一生。因你告诉我，你做的梦是在天上，离地很远。故你要实现你的梦想，必须在你成长的过程中，努力学好知识，才能逐步追着你的梦想而去。”她摸摸我的头，微笑地对我说：“上课去吧。”

我非常高兴，从此我就会天天记着我做过的一切梦，我的梦中之情、梦中之地、梦中之事等等。同样，希望陪伴了我的一生，可谓梦之灿烂。

当来到我的青年时期，那时的梦想就是在那广袤的大地，学会吃苦耐劳，听党的话，把自己锻炼成能文能武的一个能为党为国服务的好公民。我仍是记着老师对我说过的话，做好自己，朝希望奔去。我仍是这般努力，以此来追求我的梦想。

曾几何时，成年的我，又带着梦想来到了邻国他乡——日本。

这一场梦可谓又长又精彩。因在异国他乡，我懂得了，在我以往的岁月中，那些曾经在耳边不知回响了多少遍，但仍无法触及灵魂的词句，如爱国呀！爱人民呀！祖国永远是你的祖国，你永远是炎黄子孙的后代等等。

当我的脚落在日本的土地上时，不知怎的，这一切的一切，我曾经如此麻木的词语，如今却字字如鼎似的在我的心中筑起了巍然的长城。祖国是我的后盾，我是中国人，是炎黄子孙。当我路过中国大使馆时，我的心中在默默地祈祷着，她就是我在异国他乡呵护我、给我关爱的母亲。我情不自禁地对她说，我会做好我自己，不会为祖国丢脸，不会给父母脸上抹黑！

看到日本那处处领先我国林林总总的一切，尤其是交通设施，我就会梦想，哪一天我的祖国也有如此纵横于天地之间的灵物，那该有多么好呀！一天，我身边来了一个留学生，当他知道我也是上海人时，就对我说，你知道吗？上海已经开始造地铁一号线了！我听呆了，我的梦咋就这么灵呢？我当时的快乐就甭提了，因我看到了祖国在发展，我心中的长城更伟大了！当走在街上时，我的腰杆挺得更直了。

我在日本东京住友银行食堂打工的时候，在和同一肤色、同处地球同一板块的日本人共事中，我努力做好我应该做的一切。刚到日本，虽然语言有很多障碍，但凭我对语言的敏感度，我细心地观察他们的行为，结合工作中的用语，再加上日语很多都是用中文写的，没几天就可适应基本的生活。在工作中，我的理念就是，你日本人能干好的，我就能干好。因公司给我的工资和给日本人的是一样的，故我决不能输给日本人。我要为我是中国人而争气，绝不会在工作中偷懒和掉链子而丢中国人的面子。

一天因中国的一位同事多喝了几杯咖啡，日本人就很不高兴，并立马撤下了咖啡。一下引起了小小的纠纷，我看后立即用我那蹩脚的英语和我部的总管理论了起来，我的意思很明确，咖啡是免费的，任何人在需要时都可以饮用，不能因他是中国人而撤下。这样的话，你们日本人就显得很狭隘，并且有损你们日本人在其他国家同事前的形象。虽然日本人很自傲，但在这种情况下，总管还是很生气地对着这个滋事的日本女大吼了一声，亲手把咖啡又摆放了回来。这时的我心里的感受很复杂，我虽然争回了我作为中国人的面子，但我觉得我的同事也有欠妥的地方。我对着我的同事说："你要这么喝咖啡的话，你就自己买一瓶放在那里，你不要面子我们还要面子呢！因这不是在你家里，这是在别人的国家，为中国人争点气好吗？"不知怎的，我一到了国外，一听到外国人说中国人的坏话或是用鄙视的语言来称呼中国人时，我的气就不打一处来。我真正感到我的爱国热情每天都像五星红旗在我的心中冉冉升起，而我就是在那神圣的国旗下，做好我作为一个中国人的一切一切。

在多次给我母亲写信和通电话时，我都会讲到我的爱国之情和爱国之行为，妈妈总是对我赞赏有加，并关照我，一切要用自己的行为来让别人认可你的人，才能认可你的国家。

这一年的五月，我向公司辞职回国。当我要离开我工作了近两年的公司时，却也有点依依不舍。我工作的住友大厦，风景非常好，我们食堂的位置又是在大厦的最高层，一眼望去，整个美丽无比的世界级的富士山就尽收眼底，蓝天白云，高山雪顶，它那美的神韵真是让我欲醉。每天工作之余，我都在对它眺望着，思绪绵绵，感慨无限。在我的记忆里，每个国家，每个地域，每个城市，每个乡村，都有它美不胜收的景色，就看那里的人们如何来让它最美的一面呈现在世人的眼前，永存在心底。

今天是我要和它告别的一天，我对着如圣女般的富士山，用我的心语对它说："我很爱你，今生往世你的美永远是我心里的桌面，再见了。"

含着盈盈的泪水，我来到了下行的电梯旁，心想这是我最后一次乘坐住友大厦的电梯了。当我回头想再看一看那熟悉的环境时，一帮我的日本同事还有那个总管都已站在我的旁边了。她们纷纷拿出很多小礼物给我，令我感动的是，我的那个总管竟然拿出了我特爱吃的日本纳豆，并对我说："我知道你爱吃这个，因我常常看到你拿这个菜的。"顿时我眼泪再也忍不住地往下掉，我和她们一一握手告别，当握住那个咖啡滋事女时，她竟然朝我鞠了三个躬，连声说了几个对不起。我被她的诚意深深感动了，情不自禁地拥抱了她一下。在大家挥手拜拜的过程中，我感到我作为一个中国人，我做到了我应该做的，就像母亲对我说的那样，只有做好你自己，别人才会尊重你，才会尊重你的国家。我来到了大厦里的商品部，给送我礼品的同事和总管每人一份较贵的礼物，并写好名字让服务员等我离去时送上去。令人感动的告别就此结束了，但每次想起都会令我感慨无限，那冰冷的电梯带着温暖的友情送别了一个中国人。

在日时的我不知做了多少次的中国梦，就是希望我的祖国能日益强大，抬起她那高昂的头颅，给世人看我的祖国原是那么伟大、我们的人民原是那么优秀，让在外国的我们能有底气地踩在他国的土地上而自信满满地生活着，因有爱我和我爱的祖国母亲，时刻都在照看着她那背井离乡的儿女。

那一年我回国了，哇，我看到了正在准备运行中的地铁一号线，又看到了无数正在建造的高楼大厦，祖国正在飞速地向前发展着呢！那在国外做的中国梦已然在实现的过程中。我对着大地，对着苍天，对着在外的国人，心里在默默地告诉他们，我们的祖国强大了！从此不再卑微，不再用寄人篱下的情绪来生活在异国他乡。你有的是宏伟长城般的靠山，有的是祖国母亲对你的爱，等待你的成功和你的归来！如同大海的归潮，总有掀起回浪来探望母亲的波涛！

当我已步履蹒跚时，我回忆我做过的一切记忆犹新的种种的梦时，几乎如小学老师告诉我的那样，希望在一步步地实现。当我到了那童年的梦中，如同天上人间的美丽花园时，那就是奥地利茜茜公主的宫殿。当我欢快奔跑在花园的路径上时，我对着蓝绿相映的地平线，对着苍天在喊："顾老师，这就是你给我梦的解释，就是希望的实现！"

当我年老时，回望祖国的逐步发展强大，如海市蜃楼般的宏伟建筑比比皆是，纵横交错的地铁如同人的血脉，围绕在大地的心脏周边，帮助着祖国的儿女出行创业。那日益强大的国防力量，是母亲在保护他的儿女，不再受到战争的伤害，风和日丽地过好每一天。那发达的科学创举，让一代一代人享受着梦里的今天、时尚的明天、充满想象的后天！

梦字，我对它的释义是夕阳下的林中之幻。缥缈美丽，浮想联翩，云聚雾散，悲喜惆怅。

梦字，我对它又是情有独钟。每次灵感来袭，仿佛都有缪斯的身影，如梦初醒，思绪万千。

梦字，怎一个说得明白的字，每晚沉睡中，给你一个美好的前景，给你无限的想象，给你一个前进的力量。

人生不过百年，谁能摆脱得了它，天天如此，但从无听人怨恨过它，人人喜欢它。所以希望给当下的所有中国人，凡是有爱国之心的都做做“中国梦”。有一天，它真的显灵的话，那中国可是一颗宇宙最亮丽的明星。你想要的，看到的，美的，都在中国，你愿意吗?

谁能在我的晚年，帮我一起再做做这个迷人的中国梦！不是在同一晚，而是每天的夜晚！每一个中国人，每一个相同的梦，每一个相同的希望，将是中国照亮世界不息的曙光！

余旭：中国航空史上一颗闪耀的明星①

这几天，汹涌波浪翻滚，所有中国人都在这个令人悲痛惋惜的时刻，在这个如同天宇苍穹之下，手握朵朵红玫瑰，从滚滚尘世中仰首向着苍天，祈祷我们心中崇敬的一颗闪耀的明星，中国第一歼10女飞行员，一个天上的女汉子、地上美丽动人的女孩儿——余旭上尉一路走好，你将永在天上的群星中闪耀。

痛彻心扉的哀言难启，她在航空事业上的追求、付出的努力是常人难以想象。那种为她而惋惜的沉痛心情，如同天风随着海浪来，何人可揽江水濑，倏忽一逝在天际，人间痛失明星哀。

看她的简历，让我想到奥地利斯蒂芬·茨威格写的《人类的群星闪耀时》这本书的序言中的一段话："这种充满戏剧性和命运攸关的时刻在个人的一生中和在历史的进程中都十分难得，这种时刻往往只发生在某一天、某一小时甚至常常只发生在某一分钟，但它们的决定性影响却超越时间。"可见，一个伟人和人类需要的精英人才，无论何时何地都有那么一丝危险隐随其后，无不令人感到无奈的遗憾而无挽回的希望。但恰恰就是在这最悲哀的时刻，似乎就听到了余旭在天的留言，一切我的失败就是你们继续科研的命题，我留下的一切遗憾，就是下一位在天飞行员消除的隐患。

① 此文2016年11月18日在中国作家网其他类头版第一名发表。

余旭消失的那一刻，回望地靓丽的身影和在人们心中留下的美丽记忆，我想无论是哪一颗明星都会在她最灿烂辉煌的时刻，瞬间从这颗星球消失，也一定会从另外一个星球出现，无论任何天体之星，都是在有规有矩的运行中循环过往，既然你的名字为“余旭”，那就是在中华民族的航空史上，留下你的足迹，在旭日照耀下的那一刻，有你的一种存在。

写到此，我默默轻吟着曾经闪耀的那颗明星，德国作曲家亨德尔写的震撼人类至今的赞美诗《哈利路亚》。

在结束这篇文章时，我还是以斯蒂芬·茨威格的一句话来继续我的想象，那就是：“我想在本书中从极其不同的时代和地区回顾这样一些群星闪耀的时刻——我之所以如此称呼它们，是因为它们宛若星辰一般永远散射着光辉，普照着终将消逝的黑夜。”

当我的思维随着斯蒂芬·茨威格而行时，看着东升的旭日，那一个闪耀的星体，其实它就是天地闪耀之星的组合，故无论它存在多少年，永不会消逝，因为天地那璀璨的群星将随着科学的进步、人类的进化永远更加灿烂！

余旭，在天上永展你那靓丽的微笑吧！中国航空史上一颗闪耀的明星！

国家好，民族好，大家才会好

经历了人生又一个春天的到来，非同以往的感觉在心中萌生。不是为了万紫千红的花儿，在各自的媚态中争相风流，也不是细雨咀嚼着东风的春味，淅淅沥沥润进万土，而是抬头仰望高山大树，傲立苍穹。

我是一个中国人，也是一个时代更替的见证者。历经岁月的沧桑，在人生的历练中，感悟到一个人在这个世界上是多么渺小。但要使得这个渺小的人能体面地站在这个世界上，活出民族的风采来，犹如一幅油画，再美的花儿、人物、江湖海山都无法离开那殷殷实实的背景底板，那就是祖国的脊梁、人民的希望。

绵延至今，回望历史，中国已经悄然进入了世界的主流，国富民强，人民正在过着前所未有的好日子。

在我活到六十五岁的当儿，我都会默默地跟自己说，日子是一天比一天精彩，国家是一天比一天强大。那作为我来说，一个普通的百姓，要做好的就是我自己。

记得在一九九一年，去日本打工时，日本人的那种傲慢和鄙视让我真是感到中国人的地位低下。我虽然无法改变现实，但我觉得我更应该做好我自己。在单位工作时，事事做到极致，一丝不苟。你日本人能做到的，我一定做到，绝不会比你差。你对我一份尊重，我就给你一份真情。几年下来，他们只要一讲到中国人，就会竖起大拇指指着我。那时的我感到作为一个中国人，我做到了。那时的我从未这么爱着我的祖国，也是从那时开始，我一直做着一个中国梦，祖国，你要强大呀！让我们生活在外的炎黄子孙能靠在你的肩膀上，昂首挺立地走在他乡的土地上。那时的五星红旗就是我心中的脊梁，就是我对祖国的思念和希望。

记得在一九九五年，我到了日思夜想的台湾，与失散了四十五年的父亲一家聚合了。但最为遗憾的是，我的父亲却和我永世相隔，天地之望，泪似血涌，情似血凝。但在台湾人的眼里，只是看到你是大陆来的人，虽是同一血脉的中国人，却也是一脸不待见。但我仍是我，一个五星红旗下长大的中国人。在台期间与亲朋之间不知产生了多少矛盾，最终仍是以我的为人和我的作为赢得了众亲的一句话，她不愧是她父亲的好女儿。当我坐在归程的飞机上时，看着自己的身躯离蓝天白云是如此的接近，仿佛在向蓝天索取感悟，向白云索取悟幡，在天空中歌唱，在飞翔中学会坚强。这时我的灵魂在告诉我，即使你是一粒沙子，也应做到它的硬朗。

时隔二十年，我当时的中国梦，都已实现了。我的祖国是如此强大，在日本生活的四年里，当时看到那穿越整个日本交通的地铁，心想何时我的祖国也有四通八达的地铁就好了。现在不要说几条了，而是几十条。当我年老时，回望祖国的步步发展强大，如海市蜃楼般的宏伟建筑比比皆是，纵横交错的地铁如同人的心脏血脉，围绕在城市的心脏周边。那日益强大的国防力量，是母亲在保护他的儿女，不再受战争的伤害，风和日丽地过好每一天。那科学创举，让一代一代人享受着梦里的今天、时尚的明天、充满想象的后天！很多的企业都来大陆寻找着发展的机会。毕竟是一家人嘛，还是得照顾他们一下。真是天地两重间，祖国人民宽阔的胸襟如同大海，亲情永远不会抹去炎黄子孙的血脉！

中国呀中国，一个多梦的国家，有着多梦的人民。青年人有了梦想，祖国就有了未来。中年人有了梦想，祖国就在成长。老年人有了梦想，那就是祖国更加灿烂辉煌。

又一轮新春的朝阳，冉冉升起在东方，那就是中国！一个有着海纳百川的胸怀，以善对待世界上的任何民族，那就是中国！

耳边又响起了贝多芬的第九交响乐——《欢乐颂》仿佛他娓娓向我送来美的赞歌，欢乐祖国，圣洁美丽，灿烂阳光照大地。我们心中充满阳光，生活在你的国度里。你的力量能使人民消除一切分歧。在你的光辉照耀下，人们团结成兄弟。美丽动听，直入心扉。

和着动人的旋律，我仍是对自己说，不管我有多老，我会用眼睛来看自己的行为，用耳朵来听自己的心灵。让一粒沙子也能磨出光亮，虽不起眼，但当你见到阳光下的沙漠时，一定会为它的耀眼亮丽而赞叹不已。那就是作为老百姓的我，在做好自己的同时，也希望看到的是，稻谷留脂黍米白，仓仓丰实盈盈填。太平盛世万家欢，和风吹过捷报传。

清晨的话剧

今晨刚一醒来，窗外天色还在朦胧状态中，我那淡绯色玫瑰花的窗帘摇着街灯反照下的梧桐树，颇有浪漫剧情的“剧院魅影”之景的幻影再现。刚想重温一下那醉人的“剧情”时，我的手机响了。

谁呀？才五点呀！我赶忙看了一下，是我侄子发来的问候早安的短信，并叙述了他对亲情、友情的理解和评述（前几天我们对此话题进行过辩论）。因他的文学才华不同一般，对他所阐述的理念和观点我还必须认真看看。因我已是一老妪，我很想了解当下年轻人的思维方式和对身边人的相处态度。

他说道：“能够让你只笑不哭看着你心态说话的人，那就是你的朋友；能够让你哭也给你笑的并且对你说实话的人，那就是你的亲人。朋友给你蜜汁，亲人给你黄连。朋友之间就像公园里不同的树种，彼此之间惺惺相惜挥手致意，让你开心。亲人间，就像一棵树上的肢体，七拧八叉彼此碰撞，而又和睦相处。就是老了的时候，也是亲人在你身边，因亲人是同根同祖，根繁叶茂。早安，希望你开心每一天，健康每一天。”

我看了他的短信后，立马给他回信：“莫言说，一辈子要记住的人是，在你困难的时候，能借钱给你的人。”莫言除了他的书我看不懂之外，他的带有哲理性的言论我很爱看。我认为，朋友的相交如树和藤的关系，虽不同根生，但也围在你身边。一个人，能有朋友为你解忧为你解难，那样的关怀，比七歪八叉的亲人不知要好多少倍！每年看到绿化工都在修剪一棵树的残枝败叶，其寓意深刻，尽可思在不言中。

这时我的脑海里出现了一个美国电影《这个杀手不太冷》，当时这个电影感动了我好长时间。其实，人不分亲情友情，只分灵犀相通与灵性相融，不求他人的回报，只求自己真心付出，那才心宽如海，真情花盛开，快乐每一天。

过后我又睡去，做了一个梦，我最爱的妈妈来了，只见她坐在我的面前，一句话不说，面含微笑地看着我，我却难过地一下抱住她，我哽咽地对她说："妈妈您来世还把我生下吧，我怎么都回报不了您，我怎么都离不开您，我不想再在这里待那么长的时间……"只见妈妈对我深深地望了一眼就走了。

我睁开了湿湿的双眼，还想哭个够，这时我的手机响了。

我那侄子又打来了电话："妈妈，祝你开心每一天，你开心我就开心，儿子千里之外问候你。"（姑侄已相认为母子）

我对他说，谢谢你对我的关心。仿佛这时的我，有我妈妈在天对我的思念，痛并快乐着；有我亲人的问候，备感温馨。在寒冷的清晨，在浪漫的暖暖晨阳下，在似幕非幕的窗帘内，仿佛演员用那醇厚的嗓音，字字铿锵有力地在演绎着那真情感人的辩语，感触无限，思绪绵绵。

清晨的话剧，短短一幕，回味无穷！

第二辑

在月光河下与你共眠

红枫叶的影子

今天在整理书柜时，顺手摸到了一本俄国作家莱蒙托夫的诗选，不慎掉在了地上，当我想把它拾起来时，只见书中散出来好多张已然泛黄的红枫叶。

这时我的手却抖个不停，一个记忆中的影子忽然溢满了我的脑海。我只能坐在地上，手捧着那几张写满了美丽诗歌的红枫叶，他那用极有书法韵味的小楷而作的诗歌，充满了那个时代文人的浪漫情怀。故事也就在那一片一片的红枫叶中，悄然地在心中打开了我那尘封多年的回忆。

那一年，我的一个忘年交朋友在北京逝世，我赴京参加她的告别仪式。在整个的告别仪式中，唯独没有见到她那爱誓终身的情侣。因为他俩都是搞生物科研的科学家，我不可能在这种场合失礼地去问任何人，但是我的心是很痛很痛的，我就在她遗体推出葬礼现场时，心里对着她说，你就到天堂去等他吧。因我只见过他们一张合影，与他的情侣没有任何的交往，至此，她那情侣在我记忆中只是留下了一个影子罢了。

第二年的一天，也就是她去世一年后的祭日，我收到了一封从美国寄来的挂号信，不知是谁寄来的？在去邮局的路上，我就在想，会不会是他，因为今天的日子是和她有关的。我的第六感觉很灵，果不其然，当拿到信封一看，我心狂跳不止，这时我只想找一个咖啡店坐下来，控制一下自己的情绪。咖啡还未送上来我就立马打开了那厚厚的信封，一看，一片片写满了诗歌的圆形红枫叶和较大的梧桐叶，混夹在一张张照片之中，诗歌有他自己做的，也有抄录苏东坡和柳三变的，我吟咏着，心却在不停地狂跳着，泪水流满了我的双颊，这时的我只能闭眼低首而泣。

当我读到苏东坡《江城子》中的一段诗："夜来幽梦忽还乡，小轩窗，正梳妆。相顾无言，惟有泪千行。料得年年肠断处，明月夜，短松冈。"我心在对着"影子"说，你今天才知道泪千行呀！但看到他用重笔签下了他对我友悼念的大名后，我心软得一点怨气都没有了。因我理解他，为了守护他那有精神障碍的妻子，他一生都在极其痛苦中生活着。当他找到自己真爱的另一半时，却在美国得知她猝然离世。

当我又读到柳三变的《鹤冲天》中的那段诗词"且恁偎红倚翠，风流事，平生畅。青春都一饷。忍把浮名，换了浅斟低唱。"我又对着"影子"说，我看到了一个真实的你，你就好好地生活下去，我会传语给她的。她仍会和她在世时那样，与你一同研究项目，一同照顾你的病妻。

当我看到有一片枫叶上的两句诗是写给我的"若说秋光胜春色，北国未必逊江南"。一看背后一张敷贴，嘱我在收到此信后的半月之内到北京找他，他要带我去香山看那秋时最美的红枫叶。我又对着"影子"说，还是不要见面的好，你心里的一切痛苦我都明白，你对她的那种纯真的爱情我非常理解，只是人去楼空，把曾经有的过去铭记在心，做好我心中那个真心实意的影子就够了。

此后不多时，我又收到了他给我寄的挂号信，这次寄给我的是满满一包从香山捡回的红枫叶，却一个字都没有留，但在我心中，却留下了一个如同美丽红枫叶的影子！

当我今天再看那写着心语诗词的红枫叶时，我的心真的比那时还痛，因为在他给我寄信后的不多时，他也悄然离世了。

所幸的是，他的红枫叶我一直保留到现在，虽然叶子的颜色已然变得黯然无光，但他写的那些书法小楷仍字字灵动，我由衷地崇敬你们，那个时代有才有德的真正学者。

如果我再去北京，我一定会去香山，在那满是红枫叶的树林中，一定能找到那个“红枫叶的影子”！

我用 ipad 把这珍藏了二十二年的几片特别珍贵的红枫叶拍了下来，我想绝对不能让岁月把这段美丽的爱情故事给风化掉了。

写到这，已是凌晨两点了，我看着宁静的窗外，看着满街蜡黄的银杏树，看着那片片的红枫叶，想和你们说说我对你们的敬仰和怀念，但此时的我，只有眼泪，词却穷了！

黄花菜[1]

所住的小区内又竣工了十幢高楼。楼宇之间的小道上，种满了萱草，俗称黄花菜。

又毗邻一条宽阔的河塘，岸柳青青，再加上黄红色一片的萱草花，喜欢清静的我，每晚在河边散步，习习凉风拂面而过，淡淡的萱草花香令人陶醉。因还没有人大量入住，故小区非常幽静，每当夕阳的余晖照在成片的萱草花上时，色彩如此斑斓，令我驻足恋赏。

抬头可望高楼阳台，如似琼楼仙阁，不久就将会有无数的天仙配纷纷入驻。展望园中林林总总的花草绿树，茂茂密密，五彩缤纷的花开得如此艳丽，令人遐思，百感于情怀。

看似茂盛的萱草花，此时已濒临凋落。这时走过来一对老夫妇，手提着一个花袋，挨片把这些刚含瓣卷紧的萱草花一一摘下收入袋中。看到他们那熟练的动作，就知道那开时如同金百合花的萱草，现已是入袋即将就成了人们饭桌上的黄花菜。

这时的我，思绪绵绵，慢慢沿小径独行，看到满地的落花花瓣和鸟儿啄落的残果，心中不免觉得人生那即将到来的凋零岁月已然来到了跟前。

风吹残花一地落，有谁来问何处埋，林中鸟儿枝上归，谁知它是

① 此文 2016 年 1 月在上海市杨浦区文艺刊物上发表。

第几代!

回首自己走过的人生之路，就如同萱草花，一日璀璨一夜泯，花开艳时惹人眼，黄昏之后花谢艳，落地就怕众人踩。

对着夕阳下的萱草花，我默默地在想，在你开花的时候因是如此的美丽，故在人们的心中留下了依依不舍的情怀。大概是为了不让你像其他的花儿那样残入泥土，有可能出现了一个对你情有独钟的人把你带到了家中，腌制一下后，进入了口中，想回味你美的瞬间而此时诞生了一道舌尖上的美味，那就是留存至今、家家饭桌上常有的黄花菜。我对着萱草花说，你还是很有福气的草中之花，我遐想你花谢的结果，就是你谢艳后的一则童话。

我摘了一枚含蕾的萱草花回到了家，插在了水瓶里。第二天一早，花开挺立，黄中带红，红中耀黄，平和中带有点贵气，我马上用ipad把它那艳姿拍了下来，上传到微信上，众友同声叫美，那赞的大拇指如同叶蔓，满屏了。忽见一好友问我，是你养的金百合？我回答她，是我摘回的萱草花，我们常吃的黄花菜！一个调皮的表情立马跳了出来。我领会到，萱草花变成黄花菜时卑微，一日是花一夜变菜，有谁能够想明白?

但我仍天天去看它，因它似乎也是我人生中有过的一道靓丽的风景线，但愿心如止水的晚年，能留下卑微但有味的一碟黄花菜。

太阳，月亮，星星

小时候我老问妈妈，为什么天上的太阳和月亮只有一个，而星星却多得数也数不清？

妈妈是这么告诉我的：宇宙里的星体，人类无法知道它的来龙去脉。你所在的地球也是独一无二的，也许在别的星球上看到的地球就如同一颗星星，也是如此星光璀璨。太阳，在太阳系中最大的可发光物体，它就照亮了整个太阳系。星星，虽小，但也发光，并且很美。

从小每当朝阳升起时，对着灿烂的阳光，看到的是，日照万树加轮红，日下奔走人潮涌，千山朝阳万峰亮，碧海映辉鸥吻虹。这就是太阳下的白天，照亮了太阳系所有的星球，直到夕阳西山红到楼，笑避云后唤月露。

每当我皓首穷经对着太阳升起的地方望去时，极尽思维，极尽想象，如似浩瀚的苍穹，无法度量，天地万物，有你而辉煌，那你就是一切生的希望。

每当月露笑脸天云暗时，那种白天精神烁烁的感觉就如飞鸟鸣叫归巢似的。那银光闪闪的月光洒在窗前，静望满嵌宝珠的天河，和风摇曳着的轻枝万花在月下如影似随和你相依相偎，我又打开了与白天不同的思维和想象。那种弥漫着夜深人静、琼楼玉宇的浪漫情愫，竟会醉美在我酣睡的甜梦中。

月下似仙飞天境，才知清梦银河醉，遥思祈望爱至归，有苦有泪月光慰。月亮月亮，宇宙没你不美，万物没你不媚，吟诗作赋月下，才知星星作陪。

千烁万闪是星星，颗颗如同钻石莹，时有流星雨在下，思念洒在人心上。从小对星星的爱恋如同对童话的爱恋一样，寓心于怀，难舍难分。不知数过多少遍的星星，不知对它的向往有多美，也不知发过多少次的誓言，我有朝一日一定要变为一颗星星在天边，守望我爱的每一个人和我爱的动物。到现在，还在做着我要变成一颗星星的美梦，真是情有独钟，恳求银河奶奶接我上天。

每天对着太阳、月亮、星星，有时把它们比作爸爸、妈妈和孩子，有时又把它们比作人生的希望、梦想和成功。总之，星球的生存之物，没有了它们就没有了灵魂，宇宙永恒的神灵！

现在是夜晚，我和月亮星星在说话，给我一个美的老妪梦，当太阳出来时，我想再去实现它，听到了吗？

太阳、月亮、星星在回答我，好好共享宇宙的每一分钟！

心静自觉天宁

树有高低之分，云有浓淡叠层，世事难喻轩轾，唯明其义而安之。

这几天以来，被突如其来的腰椎病顷刻打倒在床，原本那些生活小事立刻变成了难以完成的苍天大事。

医院的好友立马上门治疗，因过去有过类似的发作，还是有点懂得如何去康复，没想到这次发作却让我不得不有点恐惧感。好友在治疗的时候告诉我，这次要做好思想准备，不到一个半月，恐怕难以恢复。其实我对这次的突然倒下给我的预感是很不好的。

发作的那天下午，我在电脑前写文章，写的那个爽劲就甭提了。当我开心地结束起身时，一下人就直不起来了。九十度弯着身子，一步一移地躺到了床上。我心想躺一会儿再起来吃点晚饭，洗洗涮涮就干脆静养吧，岂知这个小小的想法竟成了一个奢望。当我感到万分沮丧时，我静静地对自己说，这个病不是生命的结束语。既然不是致命的病，那就是还有生存下去的空间。同时告诉自己，每一人都会遇到突发事情的，一定得冷静思考接下去该做的事。这时，天渐渐地暗了下来，鸟鸣归巢，浅浅的月光也透进窗帘，浑身感到一种寂寞的凄凉，这时的孤独感让我的回忆一下涌上心来。

那年，我四十五岁，先生和我一起从日本打工回国后的第七天，即被查出罹患肺癌。当他拿着确诊通知报告时，含着眼泪抱住我说："你能答应我对你的一个要求吗？"我含着泪静候着他所提的要求，看到他手不停地在擦着泪，声泪俱下地对我说："我去世后，你不要再结婚了，因为我放不下你，我也不忍心看到你再去伺候别人，我会在地下痛心疾首的。"其实在他想对我提要求的时候，我已经想到这个问题了。并且，我已做好了思想准备。我就立马回答了他："你放心吧，我一定不会再嫁人的。"就在承诺后的一个星期，我和先生的合葬墓地就买好了。那年，我四十五岁。就此一直到今天，二十一年来，我仍孤身一人。遇到过生活中林林总总的困惑，从没有一点后悔过当时的承诺。

想到这时，我就对着自己说，随着岁月一点点流逝，困难也将一步步接踵而来。如你把生活中的困难看似天空中永远的黑暗，那么你又如何去想象日出的世界将给你带来的是什么希望呢？

顿时，脑海中涌现出了坐在轮椅上的科学家霍金，为祖国争夺奥运冠军而损毁了身体的运动员桑兰，以及没手没脚的澳大利亚演说家尼克等等。他们的存在给人类生活带来的是超级的正能量！他们的生存难度比你不知要困难多少了。

当你走在春的阳光下，哪一朵花都开得那么艳丽，但没有一朵花是长得一模一样的，参差不齐，各有千秋，才会有拔秀的魅力。春树的翠绿高低，岸柳的细长柔短，轻风摇曳温暖入心。醉人的山河，高峰峻岭，喧河静溪，最终携流同归大海。从中你又悟到了什么呢？

当我悟到对待困难应该有的一切心理准备时，新一轮的阳光已然射进了我的床前，我在慢之又慢地做着起床的动作时，我心在坚强地对自己说，人生在世，如同人类和大自然对我的启蒙教育，孤独致远，万病自有归终，无所畏惧，心静自觉天宁。

路

我谓路是各足在石土上，向前退后左拐右转，只要是世界的生物，都离不开的土地即谓路。

昨天，下了一天的雨，和朋友在伞下漫步春梅绽香的园林，静静的梅径上，人烟稀少，春雨的柔和在半盛开的梅花中细细地流淌着，我对朋友说，春雨在给它们洗澡呢，过后的阳光一照，梅花将更靓丽、香气会更浓郁。朋友对我说，我倒是感到春雨在润泽田地，给梅花输送着春的底气，不信明朝花一开，定有折花人。

我的这位朋友，是个全职太太，聪慧无比。她的儿子从英国留学回来，我就忙着给他介绍朋友，一个都没有成功。几次问起她，是不是你在作怪？她总是说，不可能，一切由他自己做主，但我还是不太相信。

这时只见她笑眯眯地告诉我，她那憨厚的、现任首饰设计师的儿子，前几天找到了一个心仪的姑娘。她拿出手机，把里面藏着的这个姑娘的照片给我看，真的不错。我就对她说，你这么一个强势的妈妈，在孩子的婚姻上，你倒是淡定得出乎我的想象。没想到她对我说了这么一句话，孩子的任何事妈妈都可以帮忙出出点子，唯独婚姻只能他自己去搞定。我笑着说，这条路你倒让得蛮爽的嘛！

看到脚下那被春雨洗得干干净净的鹅卵石，我的思维又活跃了起来。人嘛，从一出生到终点，其实都是在大地上面生活的。故此，无论你面对人生的何种选择，无不得脚踏实地，纵使再有梦想，也不可能身在天空生活，终得回归大地。像走路一样，一步一个脚印，即使梦想在天边，完成还是在大地。那大地的含义就是在你面前的条条通向东南西北的大路，无论天有多大的变化，但路还是路，默默无语地陪你到天涯海角、天老地荒。

想到这儿，我看着那条不起眼的路径，我还是第一次对踩了六十多年的路有所感受，那就是，一个人无论你有多么的伟大，也不用骄傲地把头一直朝天仰望，而从不低首看看脚下的大地，那任你踩任你踏的条条大径小路。从中又联想到，为人处事不也是这样嘛，不要总在仰望高富贵的人群，而从不肯低下自己的头，看看周边那看似卑微却是很善良的那些人群。一个人老是头朝上的话，那他的脚一定是踮着的，长此以往，必定还得回踩到大地，累不累嘛？

大地有多大，路就有多宽，再有本事的人，也休想把路堵住。虽说路从不发声音，不像上天一会儿下雨，一会儿打雷，一会儿狂风暴雨，一会儿龙卷大地。但路还是路，此路被天咬碎，那路又开启门户。天上只能容忍寥寥几架飞机来来往往，可路却怀抱着千军万马、人山人海，任凭你再重踩蛮踏，它仍静无语、爱无疆。这时的我已被脚下的路迷住了，回想自己看过的书，似乎很少有人赞美路，但赞美天空、春夏秋冬，却是比比皆是。

路呀路，你就像大地在身上安上的条条肋骨，超荷负重着自己的使命，给一切上路的人们一个坚强无摧的保护。

突然朋友收起了伞，我们都淋在了雨中。她说，我想看看雨中的梅花，真有另类的赏花意识。只见她指着湿漉漉的梅花对我说，这么多的梅花，细看朵朵都有它的不同之处，可谓人无完人，金无足赤。从这句话中，我又感到了她的智慧所在。

踩着今天对我来说特别有着脚踏实地之感的梅径，携着一个能让路的智慧母亲，我对她说，千路万路，芳路齐华。你的开明，犹如春到不用风传信，万物萌青谁不醒。

再看微信上，她的儿子又设计完成了一件美不堪言的宝石戒指。看得出他儿子此时的心情春意盎然，时在春中，醉在花中。

我俩一路无语，各自在想各自的感受回到了家，真正体会到了此时无声胜有声的含义了。

既路已让了，花自然就开了！既路已上了，一通到底！同时真想把自己也变成一条小路，让万物生灵也能走在自己的脊背上，通往梦想的美丽远方！

在月光河下与你共眠[①]

沐浴初月光清辉，柔风微醺小草美，倚栏湖边望夕阳，荷染西红叶绿偎。

独自一人，静闲悠步来到了我小区的一条荷塘边，因已近黄昏，行人非常稀少。两岸高大的柳树上，已不见春时的翠绿幼嫩，深绿韧劲的枝条晃晃拂拂，蝉鸣声也颇显疲惫，倚栏眺望盛开的荷花，真让我感到芙蓉有种夏日的独美，不得不让人醉美在荷花亭亭玉立之中，风情怡然。总让我想对它说，花呀，你懂人语你颔首，你懂人情唤风诵。这时真见清丽的荷花摇曳着它那如古代美女的风姿，绽放着瓣瓣洁白的花蕾，耳边微风轻轻吹来，传语告我，人花一种情，不离不弃。

思绪绵绵，让我想起幼时的一个傍晚和妈妈一起到公园散步。当妈妈拉着我的小手在河边游逛时，看到一枝荷花露尖待放，妈妈对我说，这种荷花也可称之为芙蓉，只在夏天开，因它出淤泥而不染，故时常被人用来形容道德品质高尚的人。那时的我还懵里懵懂，搞不清楚花原来还可喻人好坏之分、高低贵贱。

想起当知青时的一个夏天，与农友几人去了一次嘉兴南湖，当看到满是芙蓉花的南湖时，兴奋的我情不自禁立马跳上了一叶扁舟，与

① 此文 2016 年 1 月在上海市杨浦区文艺刊物上发表。

船老大一起在满是荷叶与荷花的湖中悠悠地穿梭着。没想到船老大还真有才，只见他双手抄以绿篙，沉在细波间，嫣然摇动于千顷翠澜，嘴里还低声唱着那时算是最浪漫的情歌《九九艳阳天》。

我心随着一波一波泛起在细浪中，掀开片片荷叶，看到湖中那在莲根处的小鱼，悠闲地在那游荡着。时而鱼尾朝上，鱼嘴在吮着水中的虾藻类，这番生气勃勃的场景，一下就把我醉倒了。记得当时下船时，我还问了一下船老大，我们可不可以调到你们这儿来插队？你不会想到他是这么笑着对我们说的："除非你是电影演员，否则想都不要想。"只见他用绿蒿朝着不远处一指，我们顿时看到一个演员在那里唱歌，原来是上海芭蕾舞团"白毛女剧组"也正好在这里采风呢。故也可看到那时的南湖有多美丽，满湖那粲粲的荷花有多妩媚。

没想到冥冥的思维中，皓月清光已映满湖面，看到幽韵冷香的芙蓉在月光下，更显得清丽优雅。驻足难移的我，对着荷莲诉说着千古对你的赞言：出淤泥而不染，濯清涟而不妖。

我不想离开你，哪怕夜深风静，悄无人语，今夏的芙蓉，又将抹去我一轮所剩不多的岁月，今晚只想与你同在月光河下，共眠。

我的心趣

腊梅不在雪中傲，却在含笑春阳到，浓香远熏漫林飘，醉我轻步围它绕。

每年春节我在上海动物园的腊梅景观道上，悠悠踏道行，随香入景区，猴儿跃在前，岸柳萌青园。

还是老样子，和松鼠猴先见上一面，喂给它们爱吃的小圣果。看着它们那小巧玲珑的身影、敏捷的动作，上蹿下跳，我仿佛又回到我十二岁的童年。因在那一年开始，每个春节假期中，必有一天是到动物园来看我最爱的动物朋友。历经五十几个年头，从顽皮的童年到白发的老年，每年和它们相聚的一天，都有不同的感受和领悟。同样是上蹿下跳在树林中，儿时的感受就是和它们一样，在地上狂奔乱跳、嬉笑玩耍。而今天的我，倚栏尽赏，思索着已逝的童贞留给我人生最初的也是最纯真的一页。

沿着路径就来到我最爱的环尾狐猴笼前，这是一个柔和的群种，三五一群，和睦地相互在舔浴，有的互挽手臂朝阳端坐，沐浴着春的阳光。那美丽的尾巴绕在颈边，真有贵族气派的味道。尽管是坐在沙泥地上，但那个坐姿就如同坐在沙发上一样，有模有样。就又引起我的思考来了，动物的教养又从何而来呢？它们和人类一同享有同一个天地，人类的一切语言和举动，包括思想它们都有。故它们就是人类的朋友，无须用人类的语言和它们去交流，其实一个眼神和一个举动，它们都会明白你的意思。

太阳此时暖暖地照着大地，我信步来到我的朋友长颈鹿的围场外，一年里，又添了几个儿女，真是子孙满堂、幸福美满！因栏前观客很多，我就一人在旁边看着它们。心想，如是你们知道我每年都会来看你们的话，你们就走过来看我一眼吧！真是我与它们有缘，不一会儿，一个肤色绚丽的最高的那位，缓步朝我走来，人群哗地一下都奔过来了，我心中非常感动，因有我对你们的想念，就有你们对我的爱戴。在绚丽的阳光下，那美丽的、浑然一体的、颇具苏格兰格子的肤色，美得让我思考，人类格子布的灵感是否来自你们的世界？看到你们是那么美，但又是那么淡定，你们有常人难以企及的高贵姿态，悠然行步，慈眉善目，干净优雅。但从不言语，它们的美用得着喧哗吗？我心悟了，花儿美，无语！岸柳青，无声！你们的美，尽在不言中！好朋友，再见，我会一直想念你们的。

一路走来，被那生机勃勃的小动物感染的我一点疲惫感都没有了。当我来到天鹅湖边时，和去年不同，今年不见了小雏鹅的影子，只见如同钮子钮襻的一对对黑白色的天鹅，悠游在湖中，不时相啄相吻，那就是爱的春语！

围湖小憩，放眼望去，岸柳萌发青色。湖水涟漪，微蓝含暖，天地一片灿然。悠然我思，童年老年，不变的是心趣。

吃棋

童年时，有一天，妈妈把我和哥姐聚到一起，我以为妈妈又要给我们吃好东西了。不料妈妈拿出一副棋盘要教我们下象棋，新鲜事！

我好奇地看着哥姐的脸色，只见哥一脸的无奈，姐是呆若木鸡。这时妈妈就把我的脸扭了过来对我说："我让你学下棋，你不看我，你看他们干吗？"我挤着眼朝妈妈撇了一下嘴说："好像下象棋都是男孩子玩的，如果我学会了，和谁去下呀？"就又朝我哥看去，只见他白了我一眼，我心知肚明了，他是不想学了。朝姐又看了一眼，仍呆着。为了不让妈妈失望，因我从小忒爱我的妈妈，我只好跪上椅子跟妈妈学起象棋来了。

当头起炮，上马护炮。呈相保帅，卒挺一步。马走日步，两马连环，指指相扣，连环进攻。车无经纬，横冲直撞，一车当前，一车护城。过河卒贵，双炮哒将，不达目的，誓不罢休。要领学会了，妈妈就和我下了几盘练练反应，妈妈感到我还可以教教的，就放我去弄堂玩了，这时的哥姐早已不知去向了。

通过一段时间的摸索练兵，我有点开窍了，就想和别人去比高低了。一天晌午，邻居家的一个大男孩闲着无事，就在弄堂里吆喝着，谁会下象棋？我立马说，我会！就这样两人在弄堂的水泥地上蹲着下起了我人生与人相斗的第一场棋！

棋下得那叫一个酣畅淋漓，不分上下。这时看见妈妈回家了，我伸了伸脖子，用手指了指地上，妈妈明白地点了一下头就上楼了。待我回到棋盘时，发现我最依赖的车少了一个，我就问他：“你是不是偷了我的一个车？”他说，这叫吃，不叫偷。我奇怪了，他凭什么可以趁我不注意时偷吃我的车？我下意识地理解为这是棋术。接下来，歪歪扭扭地不上不下扛在那里。这时男孩的妈妈拿了一个西红柿来给他，他去接的时候，我就偷掉了一个对我有点威胁的逼宫马，快速地含在嘴里。待他发现不对时，我已双炮哒哒将了。我不等他发话，就快步跑回了家。我把含在嘴里的一个马棋子吐了出来，妈妈看见后愣在那里就问我，怎么回事？我就先问妈妈，所谓的棋术是不是可以趁人不注意时偷吃别人的棋，这一招你怎么没有教给我呀？妈妈一头雾水，我把前因后果都告诉了妈妈，妈妈对着我无奈地笑了笑说，怎么怪事都摊在你的头上，下回不要和这个人下棋了。

这时那个男孩大声在楼底下喊我的名字，我一探头，把那个吃掉的臭棋朝他的头上掷了过去。只见他奸奸地一笑，令人生厌！

过后妈妈告诉我，下棋是下一个人的智慧和棋艺，偷鸡摸狗不是棋术，是品德的低下，你今后遇事不要凭空想象，来，妈妈再跟你下一盘。

我懂了！

卸除恐惧感

未到秋时胜似秋，独伏板床数时流，窗前皓月冷如霜，怜念自身冥冥纠。

一个月前，不知何故突发腰椎病。因在知青时期，一次挑担时弄伤了腰，当时也无医疗条件，故在床上躺了一天就又去干活了，却不知就此留下了难以再恢复的腰椎病。更不知道的是，那次的腰椎其实是一次严重的腰脱症，但为了挣工资养活自己，虽然疼痛难忍，还是照样劳动，但那时毕竟还年轻慢慢也就好了。

时过境迁，当自己在渐渐走向生命尽头时，一切过去的老病和新病你缠我绕轮番地向你袭来，可谓防不胜防。这次的突然来袭，一下把我打倒在床，让我没有一丝能力站得起来。躺在床上的我，对着时时袭来的疼痛和 CT 报告上的诊断，让我感到从没有过的恐惧感油然而生。

在清冷的夜晚，一个人独思在床，今后的生活安排和长期治疗必得有一个合理的方案，才不至于乱了方寸。可谓急病乱投医，损钱更损命。

在思考的同时，我第一个还是想到既然事情已来到身边，对那种油然而生的恐惧感应当说“不”！因我从小就很勇敢，可以说，任何事情来到我面前，我从来不会退缩。故此，我顿时信心满满，古人说得好，“不谋全局者，不足谋一域。”

一夜无法入睡，让我想起那些残疾人不都很安然地过着那美丽的人生吗？比起他们来，我的这点小病算什么。当心情忽然开朗起来时，我立马决定给自己一个方案。第一，能站起来五分钟，就搞卫生。第二，能站起来十分钟，就做顿简餐。第三，能走十分钟，就去荷塘边散步。上网购买懒人支架，可以在床上看书写文章，生活照样很精彩，不曾想到，这样一混竟混了一个月。家里依然干净，简餐依然美味，窗花依然美丽。因自己的细心，免去了很多种敏感药物对我的伤害，又发现了橱柜里有很多对我有用的保健品，在这些保健品中，又让我感到朋友们对我那无限的关爱。

望着窗外，皓月清辉。给我的感悟就是，人生从此告诉你，简为先，行要慢，轻为要，卸重贪。

立马微信告诉在英国的挚友，一切奢华的衣服物品从此免去，只想再要一枚谢菲尔德的手工纯银书签。当看书时手握凉爽韵味十足的书签时，让我感到无比的沉稳和安然。合上书时，仿佛那支银光微亮的书签在书缝中告诉我，你爱看的书还只看到一半，我在等你的回来，你的生活仍将无比精彩。

没想到卸除了恐惧，得到的是病倒后的坦然。心情如同一泓浅水，渐渐变为潮起波涌、力能载舟的溶溶大湖。

亲们，病来如山倒，病去如抽丝，卸除恐惧感，齐铩万病灭！

二等公民[①]

今晨据天气预报说是小雨，但起床一看阳光明媚。

从窗外望出去，空静的马路似乎你一伸手就可揽到对面萌青的街树，微蓝的天空，白云朵朵。如可任性的话，跳上去摘它个几朵，挽成纱巾，飘逸在身，像给初春的大地镶嵌了玉石般洁白的白羚羊，喜庆羊羊年！

我赶忙准备各种零食，快步来到车站，不一会儿就到了我每年必来的上海动物园。我心的天地、爱的天堂。

当我一踏进我那熟透了的观园路径时，就见一只小猫躲在草丛间。我喵了一声，只见它也朝我喵了一声，我知道，这只猫不太野。立马我就从我的包包里取出一小包牛肉干喂它，只见它嗅了一下，就跳到我的脚边，左脚缠到右脚，喵个不停，我知道它很喜欢我，那时的我不知有多爱它。当看到它仰起脸看我时，才发现它一只眼是瞎的，我的泪水顿时盈眶而出。我把牛肉干撕成小条，另外在它的旁边又多加了几块，看到它吃得很高兴，我依依不舍地离开了在动物园里来讲的"二等公民"。

这时天空暗了下来，冷风似乎在告诉我，天气预报还是挺科学的。看着已经凋谢的腊梅，整条铺满了枯黄秋叶的围河草坪，颇有点

① 此文 2016 年 1 月在上海市杨浦区文艺刊物发表。

早春凄凉之感。我预见到，今天的小动物，我的小伙伴将是笼中之鸟了。果不其然，当我来到我最喜欢的环尾猴的笼前时，它们都被关在有门有窗的房间里了。

产于马达加斯加的环尾猴，脸型有点像狐，又有点像鼬，非常可爱，生性柔和。尤其在阳光下，它那晒太阳的姿势可谓是武功一把手的样子。在阳光下，一动不动，袒胸露肚，脸朝阳，目光炯炯。最美的就是它们那黑白环形相间的尾巴，它们会时不时地一甩甩到颈下或是绕项一圈，真是风度翩翩、贵气十足。自从几年前从马达加斯加引进后，就是我最喜爱的“小苹果”。每次去我都会喂它们巧克力，去年竟和它们手接手在铁丝网的缝隙中交接了新年的礼物，和它们合了影后，才一步三回头舍不得地离开。

可是今天，我只能在玻璃墙外看着它们，环尾猴的生存状态是以“家”组成的，一家五到九个。今天笼里的两户人家各自都相拥在两座热气汀上，有几个大一点的都用长臂围抱着一两个较小的宝贝。那黑白尾巴都条条直竖在腰间，简直就是一座皮绒的猴船，看得我醉醉的。一看表又快半个小时了，在一万个不愿意离开的时候，突然背后的一则LED灯光新广告引起了我的兴趣，我仔细看了它描述环尾猴身世的来龙去脉后，最后的一句话，让我忍不住大笑了起来。这句话是这么写的:“环尾猴的家族是以‘妇孺’为第一，故当一个雄性的环尾猴出生时，它注定就是‘二等公民’。”我含着笑泪再看了一眼那几个拥抱着“妇孺”的“二等公民”，心想你们是那么的可爱，在我眼里，你们绝对是‘一等公民’，因为你们的素质真是太高了，我怀着那颗爱不够的心缓缓离开了我的那群“小苹果”。

天还是暗暗的，连长颈鹿都被关在高大的房笼里，一对情侣在房笼里的假树上东啃啃西嚼嚼的，颇显无聊，我留下了一张照片就开路了。

其余的虎呀、狮呀、熊猫呀一个一个都在睡着，咋办？仿佛它们的鼾声在对我说，你们在度假期，那我们也在度假呀！对呀，同在一个世界，同在一片天下，你在过新年，那我也在过新年呀。只不过是你们来看我，我不能出去看你们，我们是“二等公民”！得，买了一个玉米棒子，咬一口走一步，回家了。

刚走到出口，太阳忽地一下就在头上亮了起来，好一个头尾相衔呀！我趁机坐在条板凳上，只见一小男孩手握一遥控器在玩坦克车，他爸爸跑东跑西地帮他挡车，孩子看着我在笑时竟对我说，我爸爸是“二等公民”，我笑着看看他的母亲时，孩子他妈也笑着看着我，我们心领神会了！

我拿出最后一叠饼干给孩子，是日本最有名气的牌子“白色的恋人”。

怀着一种无比满足和浪漫的感觉度过了我和动物小伙伴们开心的一天，又看到了三个“二等公民”的美丽故事。

红樱桃

今天到上海国画院去看展出的名家画作，在安静的、充满了诗情画意的展厅，看着独具画风大师们的杰作，真正让我感受到了国画那出神入化的笔墨，那有细有粗的线条，一勾一画、一圈一点的空间中，林林总总的生态物种都栩栩如生地展现在人们的眼前。花儿开得是那么鲜艳，尤其是梅花，各有各的特色，有的画的是淡淡的粉色，儒雅清润；有的画的是艳红茂盛，隽永傲气。

只恨自己只有两只眼睛，立马羡慕起“灰姑娘”那个有着三只眼的姐姐。三维空间一目了然，大河峻岭、浩瀚天宇，连树上夏蝉那剔透的硬翅都尽收眼底，怎一个美字了得！

突然倚栏一瞥，黄永玉的《红樱桃》之作吸引了我的注意力。画面是一大硕盘中装满了红红的小樱桃，还是刚刚洗好的呢，真的让人垂涎三尺呀！没想到画作上的两句诗，“若叫染上佳人口，言事言情总断魂”真的让我思维又活跃了起来。

让我感动的是，画家在作画的同时，还在思维着他那看似平常的粒粒小红樱桃，联想到尝果实的人若是一个有灵性的人，被那红润的果汁充满了有灵性的嘴时，那从你的嘴里说情道事的话，一定是感天动地、慰心暖肠。

简单地讲就是人还是要多食一点美的东西。其实，生活中，无处不在食的过程中，寻觅它那让人感官享受的同时，也可品味它带给人精神上的愉悦。食物不仅仅是生存的一个简单要素，更是人文化底蕴的传承。一个能品出色香味的人，一定是一个懂艺术的人。一个懂艺术的人，绝不会出言粗俗、荒诞无理。

当我和朋友在画展外喝咖啡的时候，话题又落到黄永玉的画上，让大家感到作为一个画家，能在自己的作品上添词赋诗，更增添了此画的韵味和魅力。如同在喝咖啡一样，回味无穷。

当下正是樱桃丰收的季节，回家的路上顺便带上一兜回到了家。当洗干净后放在一个英式淡绿的盘中时，顿感黄永玉的画就在眼前，当拿着一个红樱桃含在嘴里时，心想，我多么希望红樱桃的汁露能滋润我的灵魂，也可让我与人言事言情时，能温暖人心、粲粲光明。

其实《红樱桃》给我的感悟就是，把一切能感动人的语言都留存心间，同时把一切刻薄的言语都屏蔽在脑外，为人处事要做到像《红樱桃》上的那首诗一样，出语谦和，给人以欢快，而不是遇事恶语相加，令人痛恨不已。

看着这盘红樱桃，感觉你在我心里就是和为贵的象征，谢谢黄永玉老师的那张《红樱桃》画作给我的教诲和醉美的一天。

我爱吃鱼头

山珍海味来设馔，你钟我爱取入盘，欢声笑语举杯畅，美味来把友情传。

如今的当下，日式料理的自助餐倒是非常实惠。在名为“笑笑”的日式餐厅，真如其店名一样，花上还能承受得起的价格，可以吃上非常新鲜的，不说是宫廷级别的稀珍罕味，也可说是百姓青睐得起的鲜中之味吧。

当林林总总的美味一一尝遍之后，我的挚友对服务员一声笑吼“来个烤鱼头”，服务员回笑一声说：“你真懂经。”（上海话就是有品位）

我看在眼里，甜蜜在心里，我想我的挚友真是我的知已。我从小就爱吃鱼头，可以这么说，我就是吃鱼头长大的。当穿梭在客人中的服务员拿着烤好喷香的鱼头放在桌上时，挚友的一家对着我微笑了起来，那种情深满满的关爱，让我感到友情的魅力是如此的温暖和感动。

因为这已不是第一次了，因他那现在英国留学的儿子说了这么一件事：“我在四岁时就跟着爸爸妈妈请你去吃过一顿鱼头火锅，那啃得干干净净的鱼骨头令我难忘。”这时大伙儿都笑得前俯后仰，因我告诉过他们，在我小时候，我啃过的鱼骨头那是刷刷的干净，我的教师姨妈总是取笑我说：“你啃得那么干净，让野猫吃什么呢？”此时的我除了感动之外，就是我在啃鱼头的时候，那个我从未对人说起过的感觉和领悟。

记得小学一次考试时，我的算术考了不及格，老师把我叫到办公室，小敲了一下我的头，对我说："都知道你爱吃鱼头，怎么就吃出个黄鱼脑子了呢？"其实我心里清楚，因为我想快点考，我还得赶场电影，所以没仔细复看一遍而已。但这一次敲头把我的人生从此敲了个醒透醒透。

巧得很，记得那天晚饭的菜中就有黄鱼，可以这么说，我的母亲爱我是常人难以想象的，只要我喜欢的，轮番叮嘱保姆一定不能少的，老规矩，夹了黄鱼头放在了碗中。

当我啃着黄鱼的头时，我忽然对着鱼头想起了老师敲我头时说的话。我立马对着鱼头的构造左看右看的，不看不要紧，一看脑出槽，黄鱼头中确实很少有脑子，顿时感到难为情的我，深深地把老师的话记在了脑子里，即该用脑时不能为空！第二天吃的是鲢鱼头，以后的带鱼头、桂鱼头，个个其形不同，真因为脑不同，其身肉味就各不相同。如同人一样，脑不同，其思维就因人而异，就有了五彩缤纷的世界。

我从啃鱼头中得出的结论就是，鱼头生得简单，鱼肉反倒好吃；鱼头构造复杂，鱼肉反而不好吃，例如黄鱼、带鱼脑子简单，鱼肉鲜美。鲢鱼头大脑多，头贵肉贱。上海一句贬人的话就是，你看你那个黄鱼脑子。但没有听到过，你看你那黄鱼身子的，从中可以悟到，同一物体，方寸之间有贱有贵。孔雀东南飞，前身开屏后露尻，可见地方俚语的厉害了吧！啃鱼头的人是否也个个都啃出个所以然了吗？

想到人生在世，如同鱼儿在水。智愚不分你我，经纬同一天地。你爱美味在脑，我喜鱼肉嫩身。

这时挚友的儿子忽然对我笑着说："蒙蒙姨，留点给夜猫吃吧。"

我一看，又是一盘透明雪白的鱼头骨。

猫儿，抱歉了，和你一样，我爱吃鱼头！

爱侬上海[①]

天下无人不识君，篓中无花不含情，五彩缤纷各自美，海纳百川有神韵。

这两天，上海的文化广场正在演出“爱侬上海”的旧歌会。那场场爆满的深情演唱会，真是充满了旧上海的风韵，那首首老上海的民歌都仿佛在告诉生于斯长于斯的老上海的民众，也同时在呼唤着来自世界各地的人。上海仍是那十里洋场的上海，仍是那宽容如海的上海，仍是那饱含来自各方精粹文化的上海。它有着不同于任何一个单纯文化的地域风格，这个城市非同一般的独特风韵和深沉的文化底蕴，迷住了世人的眼光。生活在这个城市的人也好，外来的人也罢，凡能看懂、悟懂这个城市文化的人，都会说一句上海话：爱侬上海！

这几天，在上海长大，成年后移民美国，我的发小回国来看望我。因她是丹麦皇室的一个后裔，从小就长得非常漂亮，她那一双蓝得透亮的眼睛，不知迷倒了多少爱恋她的男士。多年不见的她，仍是神采奕奕，已快奔七十的人了，动作还是那么的敏捷。摄影是她的强

① 此文荣获 2015 年“中华情”全国诗歌散文联赛铜奖，荣获 2016 年全国特邀诗文书画名家精品大典“最佳美文奖”，荣获 2017 年中国时代文艺名家代表作典籍二等奖。2016 年 1 月在上海市杨浦区文艺刊物上发表，已收入到全国诗歌散文作品选集、全国特邀诗文书画名家精辟大典、《中国当代文艺领军人物大词典》、《中国时代文艺名家代表作典籍》中。

项，每到一处都留下了美的映象，让人回味无穷。

我带着她逛七宝的古镇，镇上的小吃、小玩意儿真是琳琅满目，目不暇接。我们一边走着，一边不停地尝着当地的美食，有一口下肚的，有尝一口就醉了的。笑声满载着快乐的时光，走过桥，越过街，手挽手时肩并肩，你前我后各觅鉴，挥手一举留倩影，三步就成一回念。当我们安心坐下品尝老鸭粉丝汤时，臭豆腐、蟹粉狮子头都满满地塞进了肚子。那叫一个美味呀，看到她那高兴的样子，我就对她说，你还爱不爱上海，她用道地的上海话说，爱煞侬，上海！

晚宴设在颇有欧美建筑风格的上海丁香花园，为的就是让她回忆儿时在这里度过的童年岁月。又是一份感慨无限的奏鸣曲在各自的心中回荡着，喟然可叹，忆思难忘，秋风拂面，荡胸开怀！

在那如茵的芳草地上，如同维尔瓦第的《四季》交响乐又在耳边响起，无穷的想象，仿佛秋叶顿时变成了春花，惠风和畅，春光怡荡。

当明净的月亮在天边高高挂起时，整个上海的夜景靓丽地展现在眼前，皎洁的月光照耀着鳞次栉比的高楼大厦，愈是在清冷的夜色下，愈是感到海市蜃楼般的琼楼玉园就在眼前，我们都醉美在新时代的上海，忽然不知谁唱了一句，夜上海……顿时唤醒了我们的沉醉，依依不舍地打道回府。

岁月如同蝶恋花，飞近飞远总在旁，低声爱语在耳喃，过往流年总难忘。

当我和发小相拥分别时，泪盈双眼，她低声地在我耳边叮嘱，我还要回上海的。我知道下一句就是：

爱侬上海！

心阔如草原

万马平川，驰骋草原，疾风如倏，清超之憾，心阁灵动，思极云天。

这几天，因股市的风云突变，原本很平静的生活，一下跟着股市的跌宕起伏而变得心神不宁。并不是我有什么损失，而是亲朋好友们各自的不解和重度亏损，来电各诉各的情况。因我在之前已有告知风险的提示，故我没有半点愧疚之感，但对着他们那悔恨的情绪，我也只能陪着他们洗耳恭听了。

但是，在这次任何人都没有碰到过的惨烈过程中，却让我看到了很多人原本看不到的、性格中的宽厚之处和与之相反的狭隘计较的瑕疵。可谓是风雨见真情，危机露真性。

人们常说，股市里的人性最复杂，什么样的人都有。但我不认为那样，虽然复杂了点，我认为不至于会颠覆原型吧。

令我感到失望的人还真有，一个平时看似还挺正经的一个人，因在这次行情中表现极佳，处处以自己为佼佼者而在人面前不可一世，那个语气让人听了感到只想吐两个字“老卵”。没想到当他得意忘形时，一场暴雨把他打回到原地。一想到自己那先前的傲气顷刻荡然无存时，令人匪夷所思的是，一个更大的泡沫又吹了出来：我不想告诉你们，我其实赚了千百万，只不过抹去了点。大家心里其实都清楚，他的家底有多少，真是和这个股市一样，泡沫太大。本一个在大伙儿心里还有点位置的人，一下让人看清了他性格上的瑕疵。古人说，酒后吐真言，现代人说，股市显真性。哎，真让人斜眼了。

可是另一个平时我感到弱弱的单亲妈妈做事很谨慎，这次也做得很好，但也在大跌中损失很惨。她给我打电话来时，我听到她在哭。当我知道她的利润抹去很多时，我很为她感到惋惜。当我想劝她一下时，她却告诉我，她的一个好友也是一个单亲妈妈，之前就向她借三万元给儿子上大学。因那时她赚到很多就答应了，但现在她的利润也就剩下三万元，她想割出来还是要借给她。她说，既然答应了人家就应该兑现承诺。打电话给我想让我帮她复下盘。我被她感动得眼睛湿湿的，多好的一个单亲妈妈呀。

我赶紧打开电脑，复过盘以后，认为她的股都不错。凭我的感觉，一个小反弹可能随时出现，我让她再放一两天。我的心理准备是这样的，如我的判断出错，收盘之前出仓，损失我来给她。没想到连涨了两天。在我心里，她将永远是我的朋友，一个心地善良、没有半点浮夸的弱女子却做着一个女汉子的事，真让我钦佩赞叹！

对着一片绿色的大屏幕，我的思绪跟着一个个给我打电话的人而起伏，如同来到了真正广袤的大草原。我仿佛呆坐在蓝色天际和绿色的地平线中，祈祷让人间多一点真情实意的人，即使碰上风驰电掣般的雷雨交加，因为有爱心一定会在风雨后见彩虹。抹去那些满嘴泡沫的人，教会他们怎么去修炼自己的品行，不要为一时的虚荣而让人看轻你。

突然，降央卓玛的《呼伦贝尔大草原》之歌在耳旁响起：

> 我的心爱在天边
> 天边有一片辽阔的大草原
> 草原茫茫天地间
> 洁白的蒙古包散落在河边

呼伦贝尔大草原

白云朵朵飘在我心间

呼伦贝尔大草原

我的心爱我的思恋

愿我的亲们，心阔如草原，从头再来，彩虹必见！

胸襟的宽度

登高望远心胸阔，人似云花随风过，渺渺苍穹尘埃落，千朝也就一瞬挪。

那一年的一天，在精神病院分院当院长的丈夫回家后和我讲了一件事。

院里突然发现一张写得非常漂亮的字画贴在墙面上，滤过所有的医生和护士都不具有这特长，你倒帮我分析一下这可能是谁画的？我不假思索地就回答了他："在你的病人中去找。"他听后看了我很久，我不想在他茫然时直叙我的观点。很晚了，他还是问了我如此回答的原因。

此时的我，胸有成竹地对丈夫说："如果此作品是你医院的员工所作，平时在你和他们的交往中，有此爱好者都会有所表现，你也一定了然于心中。这事出乎你的意料之外，那你的思路一定得换，字是人写的，这群人没可能，那群病人中不一定没可能，不要以为他们是病人，要想到没病以前的他们。"先生默然无语。

第二天先生一回到家就抱着我笑容满面，高兴地说找到了，他是一个因头部撞伤后的书法学者。

这时的我，心中感慨无限，一个人在处理问题时，犹如翻书千页，尺牍之间见天地，察言观色辨毫厘。

遇事只要打开胸怀，思维就不再狭隘。看似一个精神病人，偶尔之间灵感突现，挥笔一作，众人惊呆。画家梵高就是最好的诠释。

是人皆有才，胸宽纳入怀。大海龙千丈，长空群鹤翔！

人能敞开胸襟，使气场满满。待人接物，如同群山赠云，枕海赐歌，谁填沧海，我造昆仑！

我谓人生如沧海，在遨游红尘的过程中，无非就是漫游在爱与恨、悲与喜的分水岭上，曾经的拥有，就是永远的幸福，曾经的怨恨，就在茫茫的沧海中湮没。天高云淡，胸宽心舒，思恩图报，化怨为友，才能领略到天地苍穹那宽厚的所在，视己为那渺小的一尘。

小事一桩，启迪情商。

音乐的感悟

音乐是人人都离不开的，故在人的一生中，除却生存必需的要素外，其实音乐无时无刻不在你的身边围绕着。只要你想听你想听的，都寻觅得到。

那热情如炽、畅解心绪、励志向上的歌，爱情那美的天地如万花簇拥的歌，只有你想不到的，没有你听不到的。

歌曲就是有词的音乐，和你娓娓道来，帮你解忧帮你开怀，可谓一语中的，良师益友。年轻人时间对他们来说可谓很宝贵，歌曲可释放精神的压力，时不时听听歌曲是一个很好的选择。有时父母朋友的苦口婆心之言，还不如一首歌在他心中掀起的波浪来得壮观美丽，久久回荡在他的心中，铭记永远。

音乐陪我走过了童年、少年、青年……音乐陪我度过了一年又一年的春夏秋冬，来到了我的老年和已不多的四季轮换，甚至是终止生命的边缘，但我仍和以往一样，我还在寻觅着我心的原野，那一片纯洁的天地，那能奏响心田的音乐。跳跃在心的旷野，回首往日的辉煌，打开尘封的岁月，回忆那甜蜜的爱情海，我离不开的音乐，也是我生命的源泉。

故我视音乐是挚友，是良师，是一本永远读不完的书和能陪伴到老的真正的精神支柱。因你不想说话时它可无语，你想抒发一下自己的情感时，它会奏出比你更有情趣的音符，让你悠然我思，在美妙的旋律中如溪流般缓缓流向你心愿的地方。

对我来说，静是音乐，乐是音乐，愁是音乐；泪水潺潺是音乐，其乐融融是音乐；爱的天地是音乐，灵感的来袭也是音乐。那些作曲家、演奏家就是我心灵之父母兄弟，今生能与他们共存，此生已然足矣。

这就是我对音乐的感悟，四季又重来，醉在一瞬间，悠悠思我愁，乐在澎湃中，笑对沧海暮，臻美完音悟。

我的最爱

这几天我的那支秃笔如同英国电影《红菱艳》中的那双红色芭蕾舞鞋，翩翩起舞，欲罢不能。太多的思维，太多的情感，迸发出春一样的河水，在笔下流淌。

要搬新家了，第一个就是要把我那些心爱的宝贝给收妥了。因它们就是我家的一员，它们是我母亲留下的英国瓷盘、奥地利的五彩水晶碗、克里姆特的金丝相吻盘、德国 JUJU 的芭蕾舞女孩首饰盒、充满了高迪风格的西班牙瓷器壶、土耳其的蓝金相嵌赏盘等等。

当把它们一一放入防碎盒中时，我想起它们个个来到我家时的缘由，悲喜交加。母亲的离世，让我有了厌世感，哥就把母亲生前最爱的英国瓷盘给了我，他的心我懂！那五彩缤纷的水晶碗是我最后的归属窝，因和母亲同归一穴，母亲生前最爱各国的艺术品，我也和她一样痴迷，故选此碗带入穴中，好与母亲同享在人间时的快乐，那就是形态各异、绚丽夺目、不同风格的各国列为图腾的艺术品！

理着，装着，我跟这些可爱的小玩意儿对起了话。我说，你们前前后后来到我家，就是我在世的最大安慰。因你们中有我最亲妈妈的影子，有我好友给我的纪念，有我认识世界艺术品的启蒙，有我心仪的人人皆爱的茜茜公主，有《格林童话》中的小矮人，有令人想入非非爱的甜吻，有蓝的深邃的爱琴海，有迷人的托斯卡尼田野，有屋檐下繁华朵朵的后花园。你们陪我走过了人生最寂寞的一段路，你们就是我的孩儿。我太爱你们了。这时仿佛看到它们也在欢蹦乱跳，个个展着它们的怪脸，进了我为它们暂时安排的新屋！

待回过头去，看到空空的玻璃橱，颇有凄凉之感。空，也许就是活在尘世的最后禅悟。空，也可释为新的填补。空，又可视为轻身如燕飞向苍穹！

这时我又对着这些个爱儿问道，倘若来世你们还愿意和我相依相随吗？忽然一个声音重重地承诺“我们愿意”。我循声望去，原来是早藏我心的回音——相约来世，不会太难！

相聚之感

我与失散了六十多年的侄儿在2013年的大年初六相聚了。

一早我就去了机场接客处候守着从石家庄开来的飞机。我连眼睛都不敢多眨，死盯着出口处，结果侄儿还是在我的眼皮底下溜到了大厅。当我接到侄儿的电话时，我激动得浑身颤抖，凭着照片上的记忆一下就认出了我朝思暮想的亲人侄儿。这时的相拥我已心碎得无泪，这是我生平第一次但愿也是最后一次有这样割心割肺的相聚！

我的侄儿是一位很有功底的民间作家。现是中国作家协会石家庄分会会员、中国散文学会会员等。他的到来，我想我的平淡生活一定会有无穷的遐想和欢乐。恰恰相反，我的侄儿是一个心深情更深的憨厚郎。

我见到我侄儿时已是一个花甲之年的老妪了。我想能为他付出我的全部，可惜已力不从心。

侄儿在沪的短短四天里，每天强忍着泪水陪我聊着过去的那些辛酸往事，侄儿是一个性情中人，时不时泪水从他的眼角悄悄流下，流出了他的眼眶却流进了我的心田！

侄儿在沪的短短四天里，食之无味，彻夜难眠。看到我一人孤单生活，他痛彻心扉。

侄儿在沪的短短四天里，唯一使他能开心点的就是我和他探讨文学作品时的默契与见解。他对文学作品有独到的赏析和见地。这也是我最欣赏他的地方。

短短的四天即将结束。离开的那天早晨，天空下着鹅毛大雪，他怀着沉甸甸的心情，依依不舍地进入了候机室，而此时的我更是心痛难忍，我真是觉得和侄儿的亲情无法割舍。我快步离开了机场返回了家。

几天来，我每天都在中国作家网上看我侄儿写给我的诗，字字铿锵，句句情深。令我感到有这么一个心底如此纯朴，文风如此精髓的侄儿而骄傲！我深深地被他的憨厚所感动，真想把他拥入怀中让他听听我的心声，如同母亲般的呵护。

相聚短暂，亲情永留。你心我心，同流一血。你北我南，同枕一姓。

姑留字为纪念与侄相聚

风雨联袂

春风吹开万花艳，春雨滋润万草鲜，春风吹落残花瓣，春雨将它埋进田。

这几天路过的许多地方，都看到梅樱花瓣一地影。只要有一丝的风儿吹过，轻盈的花瓣就如同蝴蝶的薄翅纷纷地飘在空中，缓缓悠悠地洒落在地上，梅樱树上却绿叶葱葱。远远望去，如似梅樱树在湖中的倒影，虽美，但总觉春已去了大半了。

同在这几天，春雨下个不停，淅淅沥沥，望着窗外的梧桐树，春风已把它的冬留残叶吹得一干二净。春雨又在洗刷它的新叶，和着风儿，在窗前月下，摇曳着它那美丽的身姿。每当我醉美在这春之景的一刹那，对着一风一雨给我的感觉，就如是天象的最佳搭配，风雨联袂。

它让我的思绪不断缠绵着我的心弦，就如同爱侣之间那美妙的和谐。如同风雨的联袂，柔风配细雨，你轻轻地吹，它细细地下。你吹醒了它的心花遍地开，它浇灌着花儿为你日夜媚。

这又让我想到，四季轮回时的风雨相伴。

夏风如同热情语，夏雨淅沥和声励。一夜狂风猛来袭，相左在旁是骤雨。仿佛情侣在爱恋之路上的分分合合，时而爱得无已，相依相偎难分离，时而怒气冲天，一拍两散各奔东西。

秋风低吹果硕累，秋雨润泽果味美。秋风萧瑟人心凉，秋雨纷纷人惆怅。又似爱情之侣经过春夏的磨合，已然到了收获的季节。又似相爱相离遥远，相思绵绵。

冬风凛冽遍野荒，冬雨落地成冰霜。冬风呼声飕飕响，冬雨打窗砰砰乓。这时我又仿佛听到风吹过耳边时，带给我的喜悦的鞭炮声。爱情终于有了归宿，走进了婚姻殿堂。一对生活中的最佳伴侣、风雨中的最佳联袂。

每当春风柔柔拂面，总让我感到四季的风吹都有它们不同的特点。如同四季的雨落，也都有它们不同的声响。似乎在告诉有灵的万物，无论四季如何的变化，有风就有雨。如同有山就有水，有海就有浪，有爱就有情，有儿就有女。

风揉残花一地碎，小雨淅淅如同泪，仰面朝着天瓷盘，难以问尽风雨袂。

故风雨联袂，很美！

蒙蒙河

这几天写我母亲的回忆录和我的寻父之路，很是让我撕心裂肺。我的侄儿每天都在我最悲伤的时候给我发来温暖的短信，安慰并鼓励我，要我坚强地把此任务完成，以可告慰我在天之灵的父母亲。

今天，终于得空经好友推荐去看了一场电影《悲惨世界》。我去了小时候最爱去的衡山电影院，一二十年都不曾去过了，到了那里，昔日浓浓的旧意扑面而来，放映厅仍留存原来的风格，真是犹如回到了童年。我感到由衷的惬意和满足，等待我喜欢的电影的开演。

一开场就震撼得你心颤，你的一切思维就跌进了那精彩的情节中去。无可比拟的音乐剧电影。无论从音乐构思、场面设计、背景选择、人物刻画、音响效果，都那么逼真，让人感叹。演员的演技个个到位，真是情深深、意切切，令人涕泗滂沱，把雨果的《悲惨世界》诠译得淋漓尽致！

我在想，一部好作品，无论翻拍若干个版本都精彩无比。随着电影技术的日新月异，连打枪的声音都会让你觉得打到了自己的心里，颤颤的。那种音响效果真是极致了。美妙的音符，个个弹跳似的直灌耳底，歌词也意境满满，让人感慨无限！也让我回忆起小时候看《悲惨世界》的那种情感了。

雨果书的精髓就是把神的力量化解到人心灵的自赎！人人都会对自己所犯过的错误有深深的悔过之心，并用爱来赎罪，当自觉还不能达到极致时，不惜以生命来求神的原谅。狱警贾维尔对冉阿让那复杂的心理过程就给人留有无尽的思考。他那自悔过后纵跃大海的一跳，跳出了我对他无限的爱和敬畏！我留着还未擦干的泪水走在了返回的路上。

人老了，特爱回忆，又特别爱回忆儿时看过的书。雨果《悲惨世界》中的珂赛特母女情尤其让我唏嘘不已。历史的长河缓缓流来，给你带来了岁月的沧桑。回想自己的过去，甜酸苦辣，倒也觉五彩缤纷，不经风雨，怎能见彩虹！心中时不时地还下着纷纷的细雨，飘落在心中的河面上，那条河就叫蒙蒙河。

碑文的另类启蒙

念初二时，每星期四上午是所谓的劳动课，不是到工厂就是去离校不远的虹桥公墓。到工厂就是帮忙贴贴商标之类的小活，到公墓就是帮忙捡捡散落一地的枯叶。可我就是喜欢有些人挺害怕的公墓活，因它穿插在墓与墓之间的悠悠小径中。有阳光的日子，墓碑上各种大理石的颜色在阳光的照耀下璀璨生辉，清晰的碑文似乎在告诉我，地底下的灵魂也是有过他的精彩人生。在捡枯叶的同时，我不忘一一看各式各样的碑文。可以说，它也带给我了人生成长的另一种启蒙！

又逢一个星期四，今天的劳动地点又是虹桥公墓，我很高兴。班主任分配好了各小组的任务，却把我留下了，我挺纳闷地看着他，他和几个公墓的工作人员带上我就直奔一个墓地而去。待我看清这墓地的时候，我心里颤颤的，一个很讲究的黑色大理石塔型墓碑耸立在我眼前，墓柱是四方形的，每一面都有碑文和照片。

在老师和他们讲话时，我迫不及待地在看碑文，并很快背诵了下来："你和孩子是我生命的全部，你们给我的幸福是无人可以比拟的，在你们离我而去的同时，我已和你们同行了。"这一面附上的照片就是一个美貌的少妇怀抱着一个可爱的男孩。少妇年龄二十三岁，男孩一岁。落款人是她的丈夫。

刚想看第二个面时，老师给我的任务下达了，他告诉我，今天下午一点是他们一家来落葬的时间，你把他们的这块墓碑从上到下擦干净，并把散落的枯叶和繁草捡干净。我应允着就开始劳动了。

此时我的心却被这碑文深深地吸引了，我一边捡草一边看，第二面是少妇一家的生活照。其乐融融，温馨美满。

第三面碑文是：“我的儿子，你离我去了天堂，我只能对着天看你们。妈妈”碑柱的正面就是一张全家福的照片，下面的碑文写道，媳妇 ××× 因患肺结核于 1965 年 2 月 7 日去世。去世三个月后她的儿子也因肺病夭折了。我的儿子非常的悲痛，在我孙子去世后的第三天，自缢于家中，享年二十八岁。妈妈 ××× 立。

当我看完全部碑文后，我感到从脊背一直凉到脚下，心里感到从未有过的悲凉和伤感。这时天上下着毛毛细雨，凄凉之感沁入心扉。只听见收工的集合哨子在响着，我拖着沉沉的脚步回到了家。在吃中饭的时候，我又犯突发奇想的毛病了，我知道下午的课是数学复习课，对我来说没什么要紧的。我赶紧吃了饭约上我班的一个同学就又到公墓这座碑的地方，等候着他家的人来落葬。果不其然，下午一点钟墓地的工作人员陪着一位老妇人来到了此碑前，只见老妇人泪流满面地把碑前的照片深深地抚摸着，嘴里说着听不清的话语，此时的雨还在下，只见老妇人在墓前走了一圈就离开了。我和同学赶紧跑回了学校，结果，第一节课已差不多下课了。老师把我和那个同学叫到了办公室，一顿训斥，接下来就是坐在办公室写旷课的经过和检查。

此时的我一点后悔感都没有，心里却充满了伤感和悲凉，又感到忠贞二字的深深含义，我把我的想法和感慨都写进了我的检查中交给了老师。放学后，我仍心事重重地回到了家，因我的情绪很怪异，母亲看着不对劲就问话了，这时的我再也忍不住哭了，把今天旷课的事原原本本地说了，母亲这时摸摸我的头说：“这种事你现在不需要懂太多，今后不能再旷课了。”我释然了。

岂知，第二天我一到学校，就看见我的检查被贴在公告栏里面，很多同学都在看，我难为情地快步躲进了教室，这时一个喜欢我的男生进来对我说，老师在下面的评语中写道："很有思想的一篇检查，不作旷课处理。"落款：教导处。后来老师又告诉我，这个母亲是定居在比利时，这次是特地回国来安葬他儿子一家的，很是凄惨。

在这之后，我感到老师好像比过去更喜欢我了，而我感到我比其他同学似乎老成了许多。

另类的启蒙，就有另类的收获。

我的平凡世界

最近路遥的《平凡的世界》带给了无数观众很大的感慨和深思。看似一个平凡的人，写下了生活中的平凡故事，然而他的哲理，对于那些和他有着相似经历的、那个时代再平凡不过的一代青年而言，如同在细说着那个时代再平凡不过的世界中的每一个人和每一个故事，却令人感慨无限、回味无穷！

回望那曾经的岁月，平凡中却留下了铅一样沉淀在心的心酸往事和难以消磨掉的这一代人的光辉历程，那就是在这代人身上看到的是有着正义感，有着为祖国而献身，有着吃苦耐劳的精神，还有着克己奉公的道德品质。

这使我无时不在回想我们那个时代的素质教育，老师对我们的教育并不是像现在这样，唯考分论高低。而是论你的为人品质，以及是否有爱国爱党的心，是否在自己的品德上懂得去要求自己，懂得怎样去真心为人民服务。可以这么说，那个时代的我们，心里常常想的就是今天我能为同学付出点什么，明天我又能为学校做点什么力所能及的事情，每天都怀着一颗爱心满满的自己来到学校，又带着一颗体贴父母的心回到了家。

当在这种环境中成长起来的我们，已经在心里深深地刻上了那个时代的烙印。即使时光像流水似的湍湍流到了如今的当下，可我们仍有着那个时代深沉的历练，我们仍是那么的淡定，仍是那么的严于律己，哪怕心中有过一丝不符三纲五常的意念，都觉对不起别人，可谓不以善小而不为，不以恶小而为之。

在我的平凡世界里，虽然我的出身背景和路遥是两个天地，但在那时的我，同样紧跟着党的步伐，一步也不肯落下，心中只有一个想法，好好改造自己，争取入党。想起那时的理想是如此的美丽，因这是青春的梦想。纵然这个梦想未曾实现，但在自身的修炼上，却留下了为人的口碑，那就是处事为人因以他人为先，即先人后己，丰人俭己，献甜留苦，滴水之恩，涌泉相报。

如路遥所说："生命里有着多少的无奈和惋惜，又有着怎样的愁苦和伤感？雨浸风蚀的落寞与苍楚一定是水，静静地流过青春奋斗的日子和触摸理想的岁月。"

"什么是人生？人生就是永不休止的奋斗！只有选定了目标，并在奋斗中感到自己的努力没有虚掷，这样的生活才是充实的，精神也会永远年轻。"

看到路遥写的对人生的感悟，真正感到什么才是有着平凡理念的人，面对平凡生活那从容淡定的精神所在！

回望我那坎坷的青春岁月，艰辛的成年奋斗，再合上路遥的一段感悟箴言："在我们短促而又漫长的一生中，我们在苦苦的寻找人生的幸福，可幸福往往又与我们失之交臂。当我们为此而耗尽宝贵的青春年华，皱纹也悄悄地爬上了眼角的时候，我们或许才能稍稍懂得生活实际上意味着什么。"真可谓生命存在的价值必须由你自己去感悟，从中收获用生命换来的看似平凡的生活而恰是平凡世界里的一朵春花！

面对安然老去的我，让我感到非常幸福的就是，我没有浪费过一点青春的时光，也没有放下过任何一个梦想，更没有被生活的坎坷打败过，在丰衣足食的晚年，仍是那样如同当年的知青模样，朝气蓬勃，在平凡的世界里，做着不平凡的梦！

我认为我就是应该生活在这样一个、我认为的一个平凡世界里。沐浴着新一轮春的阳光，我只想躺在草地上，回味那曾经的青春岁月，如此的平凡生活却给我的人生带来了一个美丽的世界！

我是一张小荷叶

今天又是我国的传统腊八节，即谓喝了今晚的腊八粥后，就是中国的新年开始了。早上，一打开微信，一百余条腊八节的问候挤满了页面，一下就难倒我了，就是回个赞也得打一百多次，真是感到心有余力不足呀。

早饭吃的是一只嘉兴南湖的粽子，在剥去它的那张用荷叶包裹的外壳时，仿佛上天在告诉我，多大的荷叶包多大的粽子，你悟到了吗？我在慢慢细嚼着可口的粽子时，感到涌入我脑海的思绪比一百余条微信还多，因为我感到只有当一个人无力去完成必须要完成的应酬时，才会觉得自己的这张荷叶有多小！

我为人处事，总以别人的要求为先，可谓礼在先，己在后。在年轻时，事事倒做得挺完美的，从未想到过荷叶的另类之说，故旧朋好友很多。再说几十年的感情积累了下来，一个都不舍得一寸的远离。但不曾想到，年老了竟会进入如此发达的网络世界，所有的亲朋好友轻按一下手指，立马进入到你的空间。还不止他一人，连着他的祖孙三代一概没有脱离你的视线，视频、照片，都清晰地在你眼前，当然有时也会为他们而高兴。但时间一长，感到自己的时间似乎被挤掉了不少，因为最近我要看的书特别多，竟然一个星期下来，仅仅看了一章也不到，颇感失落。

这时，我觉得我所在世的时间有多宝贵，我已无法能腾出再多的时间去应酬如此庞大的社交圈子了。因我觉得，年老了的我，如同一张小荷叶了，即使再有多大的心愿，都无法包得进去了，亲们，原谅我可以吗？

我做了一个微信发了上去，没想到能理解我的人还真不少，我心情一下释然了很多。静静地坐在沙发上，拿起了我心爱的文学书籍，如同在喝着那香醇的美酒，似乎又回到了从前那个以书信传达的时代。简单而情深的语言，遥遥穿过了长江黄河、三山五岳，当来到了你面前时，久而不见纸上的你还是那样的实在，令我思念。我也足有时间简笔回之，友情不见一点抹去，真让我感到那凝固了的流逝岁月有多美呀！如同躲在静屋酿心酒，醉在自窝天地有，只要酒料是醇品，不愁香薰满溢久。

想到此时释然的我，让我感到我还可以是一张包文学书籍的荷叶，还有一点时间写一下心得思语，我顿觉满足很多。

石经风霜润如玉，蚌含身肉蕴珠去，千古奇文怀中阅，终到白鬓与时尽。

这时我犹如在溪的一张小荷叶，静而淡定着，当我掩卷小憩时，我真正感到，我是一张小荷叶，自知自明！

第三辑

虚拟是真实的画意

创作的心得和灵感

每一个人的人生之路都各不相同，可谓沧桑岁月，淬砺情怀。如同千山万岭奇峰异彩、大海江河、惊涛骇浪、广袤绿野、耕耘万代。唯独自己的心田，看似弹丸之地，却连着宇宙的空间，无尽的思绪缠绵。追求梦想的实现，撇下繁花醉香的世界。执着地怀揣信念，一路走向理想的彼岸。

当我走在人生的最后阶段，当几乎所有同龄的亲朋好友都沉浸在含饴弄孙的乐园中时，我却爱上了我从小就喜欢的文学。当我终于下定决心拿起我的这枝秃笔时，我已是一个双手颤抖得连一个字都不能写的老妪了。但梦想在提升我的信心，科学在滋润着我的理念。我可以用键盘来输入我想和天地万物之间的交流和情感！因为我感到，人是万物之灵，实为天地之心。古代文学理论家刘勰在《文心雕龙》中有精辟阐述：“惟人参之，性灵所钟，是为三才。”

当一个人为自己的梦想所醉倒时，就会昼夜不息地向着那条永无止境的地平线狂奔而去。在那迷人的天地中，唯独你可以安躺在宇宙的怀抱，静享着天地带给你美丽无比的春夏秋冬。你就可以用人类那种无与伦比的灵性，写出神奇的语言，奏出如同自然界中的雨声击磬、鸟鸣夏蝉之韵音。人类之间的情感交流，爱的语言如同琴瑟和弦，感天动地的爱情传说、慈善救赎的真情所在，无不是激励着人类文明进步的典范。

但在实现自己理想的同时，对自己的所爱必须要有执着的信念。因为要实现自己的梦想，没有真才实学是难以做到的。世界上没有一件事可以随手而得，天上会掉馅饼？天方夜谭！唯独灯下细读前人的箴言，用心领会其精髓的道理要点，日积月累，可谓十年寒窗苦，收文获益丰呀！

在你想要用文字来描述天玄地黄、天圆地方、日月星辰的光芒时，你才会觉得自己的文才浅薄；但又当你用心领悟到一件事情的真谛时，你可以轻而易举地写下你的感悟而没有半点阻碍，这就是心的灵感。这也给自己在创作上留下了一条哲理，那就是刘勰的名言："若妙识所难，其易也将至；忽以为易，其难也方来。"

在你安静地阅读着先祖的文言和清幽雅致的美丽诗词时，你自然而然地会为他们的文采而醉倒，小楼容我静，才思刚起帆。可谓先人一步前，后人千步远，不读古诗文，人生一世憾。

故此，在我一步一步走向生命最后的时光里，我仍如同在学的儿童，也一步一步地在追求着我的梦想。又似执鞭下的学儿，斟字酌句，如切如磋，如琢如磨。深会其义，留存心底。告诫自己，你没有能力高屋建瓴，那就低首耕耘。你没有能力跨越长江大海，那就心怀小溪。慧眼去赏识别人的奇文异彩，伏案斟酌自己的只语片言。

每当夜深人静的时候，也是我最爱看书的时候。窗外月光如水，脑海文思涌来，偶闻窸窣之声，如似尊师传言，求学必当磨砺，方能受益匪浅！

这就是我在执着追求梦想时，我的创作心得和灵感！

情感与心弦

日常生活中，听到最多的词莫过于情感二字。

但要理解它真正的含义，如同一幅抽象画，各有各的感觉和理解。故连很多大师都对抽象画不作深入评论，因他们也觉着它的折射面很宽广，折射出的情感也丰富多彩，写不完它辐射出的种种感受。故情感二字在我心中就是一幅奇妙的、美丽无比的抽象画。我又常常把它看作是乐队中的打击乐器，因它确确实实能敲打人们的心弦，又能奏出既柔又刚的美妙旋律！

人与人的相处很容易，只要有一颗宽容心，一切都安然无事。但人与人要做到心灵上的相通，你就必须通过情和感对心弦的不断敲打，有缘的，几番拍击，就能奏出你想听的美丽乐章；无缘的，任你再三击拍或者重锤都无声哑语。一旦情感与心弦发出共鸣声，犹如维瓦尔第的《四季》曲，春夏秋冬季季美丽无比，浮想联翩，升腾雾化。心弦如同心脏的血脉，条条相间，路路相通。血在心里静静地流着，似乎也在等着情感的敲击，等待着即将能使它怒放的知音。

情感的含义很复杂，它如春天里的花朵，各有美姿，各有含义，给人不同的想象。它是爱情、亲情、友情、恩情的美丽组合，一旦激活了心弦，各种美妙情感奏出的交响乐令人陶醉其中，不能自拔。如同突然你看懂了一幅抽象画，你会望画而思，静静地和作者对话，并知道作者创作时的情感由来，你们心灵相通了。当你听到了一首你喜欢的歌和诗，你一定会念念不忘并立马背诵下来记于心中，作者的名字就天天在你的脑海中出现，难以忘怀，你们的心灵相通了。当你看到了一本心仪的书时，字字句句深入肺腑，你会被作者的情感所打动，以至跟着他的情节，或掩卷而泣，或开怀大笑，或通宵失眠。跟着他的情感而游弋，你们的心灵又相通了。

人的一生就是在寻寻觅觅中找到能与自己心灵相通的人，因他实在是你心灵和情感的寄托地。你会不知不觉地依赖他，你可以毫不掩饰地对他，诉说你心里的一切，如同可以在他的怀中美美睡去。

如果世人都能用真诚的情感去寻觅，敲击属于自己的心弦，那美丽动听的交响乐将不绝于耳。

今天是感恩节，我又在祝福我所要感恩的每一个对我有过恩情的人，并携手感恩我的人，一起拨动那真诚的情感和美丽的心弦。

散文湖

今晨，一声炸雷把我从梦中惊醒。自农历惊蛰以来，这是今春第一声雷响。仿佛在告诉人们，万物从今天开始，已经被我彻底从冬眠中唤醒，将与世人共享又一个春至冬去、从耕耘到收获的辛劳岁月。

在那万物蓬勃、万紫千红的当下，我忽然想到，剪下这一段思绪，如同春雨的细珠，纷洒在江河湖面。用我的灵魂和着宇宙生物的万象，用我的灵感来描述万物于世的玲珑。那就是能让我迸发情感的唯一通途，也就是我心中迷醉不醒的文学——散文。它如同时而平静，时而微波潋滟，时而又小潮涌涨的清水微蓝的湖，我谓之心中的散文湖!

在人生的漫长岁月中，我总喜欢在文字里找到我的精神依傍。有时突然看到我所喜欢的一句话，就会深深地被它醉倒。在脑海中如电波黑匣子一样，频频向心中释放着脉冲，久久难以平息。直至回荡在梦中，滋润着带灵的躯壳，升腾于天宇人间，乐此不疲。岁岁年年，日日夜夜，在那片心中的散文湖边，寻寻觅觅，如灵浴湖水，静聆水声共鸣，与闲游的池鱼和跳跃的小虾，与低眉的睡莲和谦谦的荷花共享那静静无语的美景。一条具辞藻、情感、哲理、风情万种的散文湖!

在我的文学天地里，阅读散文是我的情有独钟。在短小的篇章里，有着作者敏锐的思维和独到的灵感，又有着短小精悍的经历感悟和人生风趣的精彩小品，让人思绪满满、感慨万千。

我总觉得，每当我的灵感来时，就是那么几秒钟的时间。让你立刻拿起笔记录下它的精髓。过了这阵子一切如云飘雾散，再也无法找回那时的感觉。即使再续也颇显干涩无味，写出的东西像换了个菜似的，无味了。

在我的阅读生涯中，屡屡尝到花费了很长时间看的长篇小说，阅后不尽如意的地方很多很多，颇觉浪费自己存世不多的时间。而在散文的河流中，小巧玲珑的美文比比皆是，有的清新如芳草，有的喻事如醍醐灌顶，有的诙谐让你觉得生活是如此的有趣，又有的缅怀先人的片言只语，使你久久生情难以忘记……看散文对我来说，时间很够用，情感很丰富，如同万花在阳下，你妩我媚满径香。

有人比喻咏诗如鸣奏，而我酝散文似在云舟。孤篷在云湖中荡漾，灵感似仙女拂红袖。波纹翩翩如思游弋，轻摇橹声斟文酌字。揽一段阳光洒在湖面，摘一筐星星嵌耀帆尖，阅尽千页美文感慨无限，远眺近看美不堪言。

那美丽的散文湖，就是我对你的迷恋。和着你层出不穷的波澜，如同银珠串成的卷帘。相依相偎与你一起走过岁岁年年，永远璀璨的每一天！

创作者的道德之律令

很久以来，缀辑生活中各个领域的琐事，纷繁地在微信上出现。只要我一打开微信，就不知道我的时间将会去到哪里，是浪费还是收获？不得而知。但每天下来，除了还能有些收获之外，令我颇感失望的是，有很多评说社会现象的杂文可谓是令人生厌，有的甚至词不达意、牵强附会。

在当下，各类文章如泛海四溢，无边无野。人人都有言论的自由，奇思怪议难芟繁页。谁也无法除污净源，只能手指一划，撇嘴蔑视无言。

故此，很多对这种破笔的写作者称之为“五毛党”，即谓比葱姜还便宜的贱用文人。可见，这些“五毛党”拿了仅仅的几个葱姜钱，就得顺从他人的旨意，随意涂黑江山、乱喷脏水。真的不知道这些所谓的文人，还有没有一点道德律令下愧疚的自尊心！

自古以来，文人的作品被作为一个朝代盛衰的标志。每个朝代的文人，可以不拘笔墨的彩绘豪放、挥情文辞的纤丽典雅，但必须注重文辞要在道理和德行修养的规范之内。历代传承的史籍，其御用文人不需用华丽词藻来添饰真人真事，只需清正属实地记载真相的来龙去脉，如果任凭放纵思维，没有道德律规，怎能让后人看到真实的先人之历史呢？中国的历史悠久，帝王将相更朝换代，总的来说，所遗留下来的记载历史还是有凭有据的。幸运的是，秦始皇暴虐焚书坑儒时期，诸子的书还是逃过了一劫。此类书最简单的理念就是要想能立于不朽，最好就是修炼自己的德行。

俗话说，文人相轻。不是没有道理，而是很有哲理。为何我这么认为呢，就是在文人之中，有的是功利者。为了扬名显耀，攀权附贵，会用他那些耀如天象的词汇来描述浅如低槽的庸人。为了能挣到点钱，动笔就是胡闹瞎掰、歪门邪道、蛊惑诱众，真的不知文人该有的德行在他们身上却是如此低贱。还有一些文人，竟会为他国来摇旗呐喊，贬损生他、养他的祖国，一点不觉血脉贵在何处！无脸！

人，作为宇宙间的万物之灵，千万不可小觑自身的德行修养。尤其是文人，因为你可以任性用褒贬万物之情的这支笔，来展现你对世界的看法，让很多人从你的文中了解世界。如你有真正的德行，再拿出你厚实的文学功底、绮丽的文采、雅正的内涵、真实的情感，你自然而然就会卓立人前。与日月一同高悬在天间，又在人间代代相传，咏颂万代。即使你没有那么优秀，也可以心境坦然地用你的慧笔叙情林间炊烟、风雨亭楼、万花春开、潺潺溪流。

我想，无论是文人也好，识字者也罢，只要生活中脱离不了文字，一定要远离污浊的文化、淫秽的书刊和毫无价值的胡言乱语。这可以清洁你的脑海、涤荡你的情怀，净笔美文溢彩，美丽将随你永远！

作为一个创作者的我，就是这么赞誉默守着，祖先文化传承中的德行和道德中的律令。

六维空间

在我们已然熟悉什么叫三维空间的同时，也在享受三维空间带给我们人类的无穷想象和美丽的生活。

看似很简单的长、宽、高所组合的三维空间的原理，但对人类生活的地球来讲，却包含着深邃的神秘色彩。记得小时候，我常常问妈妈，为什么有地平线看得到却摸不着？妈妈说："因为地球是圆的，它就像一个小球在天河里滚动着，着不了边际。"并拿了一个乒乓球在水池里滚动着给我看，同时对我说，"人其实很渺小，不是你想做什么事都能做得到，就像这只小球一样，只能跟着水波在滚动，但你的思维可以超出你的身体去想象，现实中达不到的东西，想象中可以实现。想要弄明白，就去看看书吧。"

但我心里不能接受妈妈的说法。就在一天下午，我一个人来到一个大公园的草地上，朝着远处的地平线跑去。当我累得瘫倒在草地上时，我心里在说着："妈妈，妈妈，我懂了。"就从那时起，每当我仰望美丽的天空时，就会产生异想天开的想法。天呀天，什么时候能打开你那永远不开启的天帷呢？天上有没有人间的琼楼玉园呢？为什么我想知道的东西在你那里却得不到一点证实呢？但最后总是无奈地关闭了自己的思绪，把那美丽的想象留在了心间。当我看了第一本康德的《纯粹理性批判》的书后，我才知道了深奥了去的宇宙学，怎能只是凭想象就能懂得了的呢？

但在今天，当人人都拿着一个可以联系到世界任何地方、你想联系到的任何人和你想知道的任何事的手机时，其实人人都在享受着天与地的三维空间。这不得不感谢我们人类的科学家，因他们高于常人的智慧，看懂了空间可以怎么利用来为人类服务，不得不为他们是人如神而叹服！

但世界走到了今天，三维空间随着时间的推进，已经进入到四维，甚至有的科学家已承认十一维空间了。空间维数越高，说明其境界越不可思议。

今天看到一条微信，说的就是六维空间的人类生活，画了许多现代人还无法实现得了的生活情景。在这看似荒谬的画面里，却让我感到新的人类进化的蓝图已然出现。我们有过这样的想象。比如儿时看到《大闹天宫》的动画片、后继的美国《超人》大片、滚打在天地之间的惊悚片，给了你时间和空间的无穷想象，梦幻般的美丽都会顷刻挥洒在那梦游着的天上人间！既然有天上人间，那一定有地下宫殿！

思，是你的能力，维，就是你脑的空间！

古人说的是，一个人没有想象，就没有未来。再回望自己走过的路，虽然区区几十年，但变化是天翻地覆，看到了宇宙飞船到达了宇宙，时速也在慢慢加快，那么六维空间不久的将来就可实现在眼前。

这时又看到一条微信，我的好友的女儿遇到了感情的挫折，正在那里惆怅呢。我立马给她写了一小段话：“人类即将进入六维空间的时代了，在你的上下左右都是爱你的人在等着你去爱他们呢，哪有闲工夫再去回头顾及那二维的蚂蚁世界！改变思维，一路向前！”

人类，一个充满生命的世界，实在不可小觑。纵然我已老去，看不到六维空间带给我的体验，但我那双深空之眼，身在三维空间，仍会遥望无垠的宇宙，仍会感到流去的岁月就是代代填补维数的空缺，以至到达宇宙的同阶，心中那美丽的地平线。

这就是我对六维空间的思维与想象！

虚拟是真实的画意①

当我再次踏上一级人生的天梯时，如同原本遥遥的山巅已经呈现在眼前。仰望日月星光的璀璨，俯视山川原野的风光，顿觉妙悟至绝境的天宇苍穹就在我的心间，如同还未抵达的万花春艳已在心中悄然绽放，可谓是一幅满含灵感的虚拟画作，美得醉在此刻的分分秒秒，生命那翠绿的田野。

人生就如同一幅一直在虚拟模仿中的画作，在每一笔的添加中，烙在心含真意的画笔痕迹下，成就了自己梦想中的最美佳境。当有人看懂你的这幅画时，也就是说，懂你的知己来到你身边，远近无影，隔海相望。这就是物理学上“量子纠缠”的含义，等于无形网络上的虚拟陪伴。比真实世界中的你你我我，更有它的美丽意境。

今天不知谁在给你的文章点赞，更不知谁在深夜看你的画作，又不知谁在为你而流泪，这就是看似虚拟世界茫茫缥缈，却不知它给你带来的是满满的天籁之音。永无止境的想象，指引着你一步一步地向着美丽之梦而前行，可见它的魅力之所在。

当我听到好友在吹着萨克斯：“当你老了，头发白了，睡意昏沉……当你老了，眼眉低垂，灯火昏黄不定，风吹过来，你的消息，这就是我心里的歌。”我一边沉醉在它的旋律中，一边又快速进入我

① 此文 2017 年 2 月 15 日在中国作家网其他类头版第一名发表 。

那虚拟的意境中了。深深地感到有一种温暖的陪伴在我的身边，无论是你的老伴也好，发小也罢，远在海的那边是他，近在手机的页面是她，声声的问候，事事的关照，即使此时的我，孤蓬万里征，旁无人问津，也没有一点儿李白那时的凄凉惆怅。

边听边望着阳光下的湍流青溪，回想那峥嵘的岁月，看着白鹭时而高飞，时而低翔，又听到雀雀叽叽喳喳，此时一切思维中的虚拟想象都如山间的野花，簇拥着进入我的心房。悄然地打开了我那尘封的心册，那一个个看似不起眼的回忆，却在这时展现出了岁月烙下的真印，如同古旧的瓷器，令人感到一种深沉的美丽。当你翻看小时候纯真的你和他的照片时，真的为那没有一点世俗之染的自己而热泪流淌，对着照片，和他在说着那时的闲话，并告诉自己，这是证实那时父母亲对我们爱得有多深。

不一会儿夕阳替换了朝阳的辉煌，却给自己带来了更美的想象，天宇星辰、地川江海，给人类的生活带来了多美的享受，辅助在我真实的左右，却更为我做着虚拟无边的填空！我爱真实的左右，更爱虚拟意境中的美丽，我会用一生最灿烂的画笔，画下我今生美好的过去、不远的将来。

人在现实生活中，碰到风风雨雨、坎坎坷坷，可谓是因曾经不食人间烟火、不解人间事。其实我认为，当你食满了人间烟火，悟透了六气的变化，三六九层云间雀鸽雁鹏的飞翔空间时，恰如庄子的一句精辟之言“至人无己，神人无功，圣人无名”，足以填满你想凭借的意境空间，随列子得风而行吧！

这就是虚拟是真实画意的最高境界！

心就是一座学校

我小的时候，每天上学去时，蹦蹦跳跳，只当去和同学一起玩一天而已。

上课时脑子老是开小差，连眼睛都是呆呆的，在想自己喜欢的东西。一天老师来到我的课桌边，让我站起来回答他的问题，我一下傻了，因为我都不知道他在教我们的题目是什么？老师把我拉到黑板前，让我跟大家说，你在想些什么？我知道自己错了，低头不言语。

课后老师把我叫到办公室还是问我，你到底在想些什么？我对他说，刚一上课，我就看到窗外那户人家院子里的柿子红润红润的，我就想起了很多国画中那个个圆润的红柿子，悬挂在树上，鸟儿在树底下叽叽喳喳地对着红柿子在叫着，我真想此时去画画，但现在却被您吓得一点那时的感觉都没有了。

这时只见老师却呆呆地在看着我了。他没有骂我，只是敲了一下我的脑袋，对我说，晚上去找你妈妈吧，看她怎么教育你。这时我好像自己就是一个坏学生了，整整郁闷了一天。

晚上果然妈妈叫我到卫生间（犯错的惩罚地），问了我的情况后，告诉我说："我知道你在想什么，你只要听妈妈的一句话就可以了，什么叫上学上课，那就是给你以后有更多的知识去想象你喜欢的东西，比你现在想象得更美更广阔。"顿时，我心悟地看着妈妈，心里觉得果然不错，妈妈比昨天更美了。

从这件事情以后，我对上课认真了许多，成绩也一点点地上去了。让我更开心的是，到了中学时，我确实觉得我的想象力比原来丰富了很多，而且我的画作也好，手工作品也罢，我的作文都是老师十分赞赏的。最让我感到难忘的就是，我对天地苍穹、经纬乾坤的想象力越来越独特，寻觅名篇佳作，在理解欣赏的同时，更开阔了自己的视野和心胸。每当我登上高山悬崖、游走在江河海川，体悟人世间的柔情画意时，更觉自己已醉美在意境的深处，难以醒来。

在人生的长路上，更感到岁月沧桑带给你的不是难以回想的惆怅，而是自我励志的一部深邃的心作，页页精彩，如同自己那个多页的灵魂，丰盈了自己那颗求知的心。遇事如同涂笔画，只有美意在笔下，不会愁思乱了色彩，没有一点怨天尤人的不爽。这就让我悟到什么叫心丰自荡漾，风帆万里扬。

我对学校的认知就是在我儿时的那次被罚中悟到的。到学校就是去学知识的，当你心里不断积累着从古至今名人古籍、诗词乐曲时，积累的知识将会是你终身取之不尽、用之不竭的源泉，更是在你今后的生活中，为人处事一定会异于俗庸，这就是我对学校的概念，对教育的认可之所在。

当我老了，头发白了，睡意昏沉时，我感到我的心却是丰满无比，思维的想象如同舒卷的风云，缱绻绵绵。吟咏在心的美丽歌词更似琴瑟吐纳珠玉般的乐音，回荡在天地人间。静思凝神，宇宙已纳心怀。

从你自己的心中感到，其实一个人心的宽度是没有尺寸的，如同你在学校能学到的知识是没有底的，可谓学无止境。

人到老学不了，故我在对着苍天、对着大地、对着人间、对着自己说，心就是一座学校，永远是你汲取知识、存放学问的地方！

漫画的情愫

这几天微信上常常出现美丽的山水画，配上哲理文字，颇让人感慨。常常让人叹曰，人生无常，懂得自爱。人的一生宛如广阔原野里一条细细飘带似的涓涓溪流，缓缓汇入田间的小河，一起向远方流去。一望无际的碧野在你的眼中，是那么柔和美丽，启迪我思，荡开了我心中的那支笔墨和我对深邃意境的悠思。

那一年，我登上了妈妈常对我说起的位于江西南昌赣江边的滕王阁，也看到了王勃写的传诵至今、《滕王阁序》中最为有名的两句："落霞与孤鹜齐飞，秋水共长天一色。"

而当我一踏上此阁时，就一个劲儿地往上爬，心中一直对自己说，欲穷千里目，更上一层楼。以至留在阁顶，迟迟不肯下来。对着宋式仿木结构的阁顶，碧瓦丹柱，雕梁飞檐，那种精致的美让我感到先人的智慧真是让人感叹。沉醉于楼阁中，眺望赣江与抚河，面对西山，气蒸云梦，波荡清河，真如来到了梦中的琼楼仙阁。我一人无语地呆在那里，脚似乎也不是我的了，我在心里画着我对此阁的漫画，我想去拥抱它一下。

人说，柳枝美在枝条披拂，梧桐秀在婷婷风姿，亭台楼阁依山傍水，丰容盛鬋靓在春时。

当我下到南北回廊连接的那两个辅亭时，展眼望去，视野是如此开阔，我真想展开我的双臂，紧紧拥抱一下我如此钟情的滕王阁。看看自己手臂是如此短小，连根廊中的柱子都难以触到。我的奇思幻想又迸发了，我如果能像漫画家那样，想把手拉长就拉长，想把脚垫高就能垫高，想跨玉峰只要双腿一跃，立马骑在高山云巅。就像一首歌中唱道：想飞上天，和太阳肩并肩，想做的梦，在这里都能实现，我相信伸手就能碰到天，相信青春没有地平线，这就是心中的幻想。在漫画家的思维里，不得不让我佩服他们的超前意识和挥笔敞开的情愫，让人们在现实中不能实现的美好愿望能在画中遨游一番，让欢畅的心情在画中奔放。

我随着自己心中画的漫画，把自己的手臂拉得细长细长的，慢慢地把整个的滕王阁都围了起来，我终于把它抱在了怀里。当我醉笑在天地之间时，我的头上突然多了一把伞，我的好友见我淋在大雨中，还那么傻呆呆地站着在想什么？

我在想，怪不得王勃的诗那么让人难以忘怀，因诗中所蕴含的深邃而绵绵的情韵让人如痴如醉，耐人寻味，含悠然不尽之意。

在此以后的岁月，凡是让我醉美的风景，我都会如出一辙，当自己心中的漫画家，想怎么画就怎么画。

这就是漫画家给我思维的一种遐想，一种梦境中精彩万分的童话世界。一支心中的漫画笔可舒可展，我相信，心中的遐想没有地平线，它的美永远升腾于天上人间、苍穹宇寰。

我感到浪漫中满含着漫画之情愫，别出机杼。

思随情动，笔随心走

在很长的一段时间里，我就想写这类文章，总想把自己的写作领悟和发自内心的感慨写下来，以示可以登录自己的心网，可以随时翻阅在记忆里的心页！

一个喜欢写作的人，都是有想象意境和表达能力的人。都想把自己在思维活跃、激情难抑的那个时刻，一气呵成、完美无缺地表述无遗，以至能达到当时的境界的最高点而无半点遗憾。

但是往往事与愿违，每一次当我登上高山峻岭、来到海边沙滩，思接千缕、情续万籁时，却发现这时的我恰恰处在最不适合动笔的环境。倒是最可任性激情奔放，脚踏水波唤龙王。

当我精疲力竭地坐在山巅也好，海鸥围绕的沙滩也罢，对着高远的蓝天，静思海漫漫，美丽的词藻展现在脑海，可这又不是可以写作的地方。我不知在这种状况下失落遗憾了多少次，每次都会对自己说，下次一定要及时把它写下来。

可是当你想要这么做的时候，这时你所处的环境却是人山人海、喧闹声声。真是群音震响佛祖庙，声频高过海滔滔，情绪一下会跌落下来。每到这时，我都会无限怀念在那安静无比的莱茵河畔和九寨沟的镜海边，悠思还是我的最爱，静谧还是我喜欢的悠然。

当我独处小屋幽静的夜晚，寂然凝思，书香如樱，按页找寻最美的词语。这时拿起我的爱笔，缀字成文，缀句成章，使我的真情实感、美好想象都深蕴其中，好似尝到了自酝自酿的美酒。独斟在月光入杯的那一刻，才觉得真正进到了文学的天园。坐上先祖先辈的文化摇篮，悠哉游哉地享受着先人的教诲。真想从此做一个文学天园中勤劳的花匠，满眼都是最美的文学花草，我来精心呵护浇灌，不知能否实现？

昨晚做梦又来到了曾经去过的位于马来西亚东南海岸的刁曼岛。这个欧美游客青睐的小岛，美在其有壮观的瀑布、浓密的森林以及清澈透明的海水。海中游动着大量的鱼群和海洋动物，在那迷人的珊瑚礁海域边，还有令人陶醉的浪漫别墅。我和爬行在绿草边的超大蜥蜴一起，悠悠地漫步在蔚蓝的海岸边和幽静的密林中。

当我被梦中一声轰响的瀑布声惊醒的时候，突然那个湍流直下的瀑布又出现在我的眼前。此时窗外还是在凌晨中的朦胧状态，可我的思绪却在阳光满林的刁曼岛上，我立马拿起枕边的 ipad 写起了文章。当我快写完这篇文章的时候，旭日的光已经柔和地射进我的窗帘中了。我微笑着说，可谓思随情景而动，笔随心在走呀。

思维和情感是不可分割的，而要表达它，非笔莫属。而这支笔并不是单纯的工具而已，而是满含着你的思维和情感，以及无比纯真的心语。故在一笔一画的那一刻，记下了你此时的心语和奔涌不尽的思绪。酣睡时的梦唤醒了你活跃的记忆，却用心笔在幽静的夜晚写下了那美好的回忆。

情思在脑海中的任意驰骋不分动与静、日与夜、天与地、山与海。寄情寓意是你钟情于心中的那一片文学的绿地。思维和语言的关系就如文学理论家刘勰说的那样：“意授予思，言授予意。”只要你能逮住思维的灵感，不受情绪的干扰，就能拿起心笔，诉尽那美丽无比的天宇人间、真情实意！

思随情动，笔随心走，文笔就是心笔，真矣！美矣！

遗传基因

千古文明善为先，明眸善睐无须言，积善不等报恩至，只求心往善更善。

最近，繁病缠身，但心里并没有为病而抑郁难耐，只是知道老柳吐絮，时到季必过。我仍静静地看着我的书，因我在世的最后希望，就是要把我爱看的书全部看完，无悔作为炎黄子孙的我，带走的是美丽的唐诗宋词、古训善言，不枉来世走一回，与一生的慈朋善友在必将到来的那一天笑着挥手再见！

深夜，一个人思绪来潮，无法睡眠。我就在这宁静的夜晚，打开我那留着尘封记忆的书柜，整理着我那从小到大值得留念的照片和爸妈的一系列档案文件。该毁的毁，该简的简，该留给谁的就签单邮寄。

当拿着爸爸的一叠诗文记录纸，看到爸爸那善良的人品和佛教协会对他的悼文，颇感由衷的钦佩。这时手一翻，爸爸的一首淡静修行的诗一下跃入眼帘：天下都是念佛地，心净口实随处宜，何自今庙明佛寺，慌张奔游复何意？

又见一首他为人慈善的独自表白：未改心肠热，全怜暗中人。但能光照远，不惜自焚身。

想起我那不曾见过一面的父亲，就会想起妈妈在我小的时候，常常会呆呆看着我对我说，你很像你爸爸，你爸爸人很好很好，但我一点都不知我好在哪？我从小为人的准则就是，宁可给人一盘鸡鸭，绝不给人一碗剩饭。长期以来，亲戚长辈一见到我就会说，你的性格遗传你的爸爸。而我的心里在告诫自己，基因遗传固然很重要，但还是要看自己对人世间善恶的抉择。

此时，又让我想到今天去医院看病时，过去的同事都抽空来陪我，护左护右的，真的令我感动万分。当爱在我身边暖暖地发出不可消逝的正能量时，莎士比亚的话突然涌入心间：慈善不是出于勉强，它是像甘露一样从天上降下尘世；它不但给幸福于受施的人，也同样给幸福于施与的人。梵高的话也随之而来：爱之花开放的地方，生命便能欣欣向荣。

看着摊在我面前的很多向善的诗词和哲人的珠玑妙语，一本有关遗传基因的医学书也在眼前展现。我微笑地朝它看了一眼，对它说，你这时候的出现想告诉我什么，我懂。那不就是病也好，智也罢，一切的一切都是遗传基因决定的吗？想起书中的一句话：若干年以后，当你去医院看病时，勿忘带上你家族的基因图。我感到我的记忆这时如此清晰，对自己说，这是遗传基因吧。

忽然一缕亮光透进了窗帘，天亮了。我顿悟到，天宇苍穹一切的一切都是在日日夜夜、分分秒秒地遗传着。对亲们想说的是，看到你们对我的那些善爱，你们对病人的那种关爱，恰恰让我从你们的身上悟到了，你我都是遗传了我们的祖国、千古文明最好的典范，善待别人，快乐无限，人心归善，先人后己，积善之家必有福祉！

永暖人心的善良，是最美的遗传基因。

似曾相识

曾几何时，我遇到过你吗？曾几何时，我是你生活中出现过的那个人吗？又曾几何时，我与你是否是三生之前的那位知己、挚友？总之，每当清明的节气浓浓地充满着山河大地，万物皆有灵的神圣物种，呼唤着所有灵魂。在这个特殊的时间段，我从没有感到我是一个活着的物体，你是一个已经离开世界的沉睡之人。

因为，每当我祭奠我记忆中的所有亲人和朋友，都不能免去我对他们的思念和对话。一切又像我希望的那样，我们都有着灵魂上的沟通，就像清明节的含义，无声的心都是那样的深情厚谊。阴阳之间那蕴藏着的深邃含义，使我放不下你们，更不想离开今天的你们。但时间还是在嘀嘀嗒嗒声中，一秒一秒地在无情中逝去。它似乎在告诉我，嘀嗒声永随你走，你似曾相识的人仍永在你的心中，如同心中的小溪，清波涟漪，难舍难分。

今天，是清明长假的第一天。我一人来到了有着英伦风格的泰晤士小镇，走进了我今天特选的一个幽静的地方“钟书阁”。这个书店的设计很有独特风格，有一人可待的小小阁间，二人可对坐的套间，以及三四人、四五人，甚至十人以上的小课堂都有。最到位的是，无论你抬头仰望也好，低头寻觅也罢，甚至左手一挥，右手一举，在你身边的任何空间，恰到好处地都摆满了林林总总的可读可换的书籍。甚至在你的脚下，在那透明的玻璃地板中，也嵌满了层层叠叠的书。

真的让我感到，“钟书阁”设计师的高超理念和前卫思维，仿佛就是告诉所有爱书的人，你们就是生活在书的宇宙、四维空间的想象原野，没有一本书不在这里呈现。想和你梦寐以求的作者见面还是想把他揣入心间，无论你们似曾相识还是仍在心灵交流，你都能在这里找到他们。

我一人慢慢地东寻西觅，仍想找自己崇敬的前辈和记忆中难以抹去的完美作品，仍想和自己心仪的作家、似曾相识的他再交换灵犀相通的点点滴滴，把他文章的精粹再阅个岚雾散尽，阳光灿灿。向往着在离开的那一刻，又似曾见到了你，敬佩不已，胜读十年书，多活一世纪。

我选了《托尔斯泰论生命》这本书，因我一辈子最喜欢的就是他的作品，我一个人来到了对着窗户的一个小阁间，四周都是整齐书柜，浓浓的书香溢满了整个小阁间，安静得一点声音都没有。我就一人慢慢地翻看了起来，喝着一杯咖啡，一口一页，颇感神清气爽，思维也随着书页渐渐地进入读书的最佳状态，真有点我喜欢的身在寂寞天堂的感觉。

此书虽说是托尔斯泰写的一本哲学书，但非常浅显易懂。当我感到光线有点暗的时候，一看表，已经是下午的五点一刻了。正准备起身离开时，屋子的灯一下就亮了起来，我赶紧把手中所剩不多的最后几页翻了个遍，跑到收银台，买下了这本书，离开了很有文学氛围的“钟书阁”。

在细雨漫漫的飘忽下，柔风裹住了满经的红花绿叶，信步在春的大地上，浑身溢满了对清明那特有的情愫。我一边回想书中的内容，一边欣赏着似曾相识的英伦风格的住宅。哦，想起来了，那不就是类似“唐顿庄园”的城堡吗？哎，泰晤士小镇真有它浓浓的英伦味道。

回家的路上，心中还是想到托尔斯泰书中所说的一句箴言：“真正的爱是抛弃了个人幸福的结果。”不由使我想到他写的《复活》《安娜·卡列尼娜》《战争与和平》中的爱情故事，都是那么动人，让人难以忘怀。

他认为生命都是出自对女人、对孩子、对朋友，更是对科学、对艺术、对自己祖国的爱，而颇显与众不同和精彩。对爱情的解释不单单是男女的情感，而是包含了人类所有爱的一切。到现在我看到论说爱情这两个字的理论，唯他是不同的另类解释。

但我很赞同他的解说，是爱皆为情，万情只能用一个字来表达，即为爱！当打开自家门锁的时候，我怀揣着他的书，仿佛今天真有和他似曾相识的感觉！

文字柔似水，尖如刀

文字的使用，是每个受过教育的人离不开的表达工具。有文学史上千年留下的瑰丽奇文，字字美如绿翠红石。有千军万马驰骋疆场之描述，有柔柔如纱爱情的甜言蜜语，有美丽江山旖旎风光的描写。

文字一直流传至今进入二十一世纪，形象生动的旧字新用发掘了不少，有时仅仅几个形象的文字就可阐明你要说的意思。

如今微信走入了人们的生活，每天都会看到几十条的微信，有教人禅悟人生的，有情感漫如云烟幻想的，林林总总，繁花似锦，文章中的文字很美，如同清澈春水泛起涟漪，令人陶醉。作为一个写作者，无论在何时何地，一旦要提起自己的这支笔来，描述任何事情时，不论是抒情也好，辩论也罢，都应用字到位，情到理到，不能让人有粗俗感或毁人心情。很多时候，从一个字里就可看出人的品德与修养，但很多时候让我感到事与愿违而沮丧万分。

今天一好友来我家，想与我谈谈她与亲属之间的一点纷争之事。前几天她的亲友为她儿子介绍了一个女朋友，儿子因前一个女友不被她看中而吹了，故还有点没有回过劲儿来，她的儿子一口就回绝了。没想到她的亲友就此大动干戈，每天早上都会来一条让她一看就感觉触目惊心的短信，如你的儿子只配“孤蓬万里征”，“你就是一个一边扫地一边扬尘的人”。当看到这几句话时，我就感到她的亲友不是一般的人，能使用李白的诗歌来贬人的真还不是一般人可以做到的，一打听确实这个亲友也是一个会写作的人。当我想劝劝她压压火的时候，只听见她的手机又响了，这时她看都不愿看了，我就帮她打开一看，真让我感到触目惊心：“秉性所致的下场，我有与你们断交的强烈要求……”

好友人在颤抖，心在流血。不可思议，亲友间的来来往往，无非都是一些生活中的小事。不需要选择用这些伤人贬人的文字来显示你的文学功底，博得他们对你的敬畏。这些文字真字字如尖刀，还有让人与你再相处下去的理由吗？这时我的好友求我，你能不能帮我回他一条短信，我看见她此时是如此难过，我就替她尽点力吧。我是这么写的：“感恩常在，永记心间，记住那美好相处的每一天，为你祈福永远，遵命，难过的表情图一枚。”

当我的好友看过后，她突然情绪好了起来，顿感她刚来时的那种郁闷消逝无踪了，只见她微笑着对我说：“我感到我欠他的终于找到可以回报他的方式了，我真的想照你的方式，用祈福回报他对我儿子的付出，直到我儿子成婚的那一天，我再邀请他见面。”

见到她已经彻底释然了，我就和她一起来到了韩式“咖啡陪你”店，在悠扬的音乐声中，愉快地度过了看似难以消除心痕的这一天。

我感到文字的使用真有它无穷的魅力。真的要要求自己用字时，切不可没了方寸，任性地用文字来伤害别人。不但有损自己的形象，更玷污了先人教诲的使用文字的正骨之气。因它看似只是几个字，却可柔似水、尖如刀呀！

“墨子号”量子卫星

日月联璧，繁星银河，附炫在天宇。山河海川，泽田润土，铺陈于大地。人情万种，有灵之躯，是汇聚着智慧的神器。天地万物的雄伟壮丽，只有万物之灵的人类以文如绘，以音似唤，连接着地轴苍穹。人的奇思妙幻，来自于心田那似能载着宇宙而行的、惟妙惟肖的人体之魂。

每当我翻看心仪的书，随文而思，一切美好的东西悄然在广袤的心田深深地停驻，如同进入了康德纯粹理性知识的王宫，但当我有奇思妙想的时候，又似乎站在了康德感性的地平线上了。

当一颗“墨子号”的量子卫星成功发射后，如同射进了地球人的脑袋，射醒了无数原不可理喻的想象，一刹那，目瞪口呆。似乎那纠缠在心的“暗物质”无法解释，但已然让你看到了唯真物质的存在，并有中国科学院潘建伟教授、中国量子力学第一人，开启了中国空间科学的新纪元。

推本溯源，两千年前，春秋末战国初期的宋国，著名思想家、教育家、科学家墨子就创立了几何学、物理学、光学一整套的科学理论。有关他对宇宙学的观点、对于物质的本原和属性问题，一句“天下万物生于有，有生于无”之精辟的阐述，即人之所以能够感知物质的属性，还是由于有物质客体的客观存在而致。这与康德哲学中的有关“物自体”的客观存在是同一个概念，但在时间上已相差两千多年之久了。对于在那时只知道天方地圆的人类，像墨子有的、这等现代人不是都能懂的见解，可见他的思想有多么卓越！

当追思人类几千年到如今，在日新月异地改变人类生存进步需要的同时，科学的脚步没有一刻停下。人类也在颠覆着自己的理念，在遵守“逻辑性”的同时也融进了“非逻辑性”的思维。即有纯粹理性的知识，同时有感性的知识，只要能经得起推敲的学术论证都可进入“理性知识”的宫殿。故此，人类的道德修养和善恶因果关系也已真正进入人类的心里。此也证实了墨子“兼爱”的哲理，即人应不分等级、不分远近亲疏地爱天下所有人之精辟的解释。

当我们知道科学已经发展到了能认识宇宙“物体”百分之五的程度时，有些人却在哀叹，原来人类是如此的渺小，天体之谜还仅仅只认识到这么一点点。而我的领悟是，人在天地之间，真的可以说是无影无踪，就如你乘飞机在天，又怎能看到地上的人，但坐在飞机上的你，不是充满美好向往的一个人吗？这就验证了一个真理，所谓的渺小，只要存在，就有他的精彩。一个不经意间与你擦肩而过的人，也许就是可带你上宇宙、观月赏星的发现者。能说他渺小吗？犹如太阳再伟大，一片树叶就能遮住它的阳光。

写到此，墨子的箴言又出现在脑海：“备者，国之重也。”即防备是一个国家最重要的事情。这次卫星起名为“墨子号”的含义真是太深刻了。至此也使中国在量子计算的世界地图上牢牢地占据了一席之地！你的思维能不被颠覆吗？

在被震撼的时候，让我感到幸运的是，我是中华炎黄子孙的后代！“墨子号”这是中国现代后人对您的崇敬和怀念。

距离，想象空间的含义

最近的一段时间，需要阅读的书摆满了整个沙发，你说必须得看吗？也可不必那么费劲；你说放弃不看吗？又颇觉心中的那个藏书篓似乎有点空了的感觉，我立刻拿起一本书，就没了作息时间的概念了。

秋晚的凉爽和桂香的满溢，既使我陶醉于对秋的迷恋和想象中，又让我沉醉在书海而随波逐浪。思绪满溢着脑海的无限空间，却无法阻止蜂拥而来的新的理念。顿时让我感到，你有能力追得上与时俱进的神舟穿越天体那实实在在的现实吗？

静下心来，喝杯咖啡，眺望窗外黄悠悠的路灯，满枝硕果累累的银杏树迎着风儿摇曳着不时飘落的残叶，真的让我感到人作为宇宙的物体，太有极深邃的奥妙含义。

我回想起自己从小就喜欢独立思考问题，上课时老是灵魂出窍，常常会沉浸在非分之想中，以至面目呆若木鸡，故时常会被老师敲敲脑袋，甚至罚站。但老师的一些话让我一直记到现在：

你和同龄人是有点差距的，你的思想和行为是和社会有点距离的，故你今后的人生与常人也是有点距离的。好一个带着数学意义上对我的评价。我不理解其中的真正含义，但我深深记住了“距离”这两个字。

果不其然，在我生命流逝的分分秒秒中，我深深地感悟到，其实人的存在，一切都在为追求一个你所想要的最合适自己的“距离”！那就是在事业上，你离理想有多远？在爱情的追求上，你又想得到何种的欣慰和浪漫？自己钟情的爱好，奋斗到何时才能实现？“距离”似近似远，永远是看得见摸不着的地平线。当抬头看天时，多想能吻一下那令我迷醉的蓝天。七夕时那银河鹊桥和玉兔嫦娥，我又多想拥你们一下，但一切似乎又在告诉我，你离想象的距离太遥远。“距离”两个字可谓深奥至极啊！

如用唯物论的观点来看“距离”的话，很客观，一个尺度就可以了。如果用唯心论的观点来看待“距离”的话，那它是太有想象的空间了。连“三体”的游戏都可打出三个太阳来，并且对当下已被证实了的星体之间的谈话，你说这个距离是远还是近呢？当你感到凉爽的秋风在耳边柔柔抚摸着你时，你感到它确实离你很近很近，但当你想留住它，挽一下它那似纱的形体时，它又在哪里呢？

其实人生中很多美好的想象都是在自己心灵中忽隐忽现，时而近在眼前，时而又飘忽遥远。这一切天体的现象就告诉了你，人和人之间的距离，它包含着精神上的距离，生存意义上的距离，情感变化上的距离，思维意识上的距离。宇宙中的所有恒星也似人类的翻版，星星之间有距离，各条星系之间都有距离，各自发出的光也都在合理的距离之内，如同在沸水中煮着的汤圆一样，各转各的，互不干扰。用一个成语来说，那就是无论天体星系也好，地球人类也罢，保持距离，“彬彬有礼”！

在此，我可以告慰我的小学老师，我懂你那时对我说的“距离”两字了，那就是你给了我美丽想象的空间，距离产生的美，我感受到了。谢谢在天堂里的老师，我们的距离仍是那样的亲近！

第四辑

漫步在山林

春，在溢满花香的空气中陶然[①]

柔柔暖风拂岸柳，脆脆细声雀在啾，白玉兰俏翠林间，春回大地万花秀。

每当春的暖风轻柔拂过面颊时，我都会迎着阳光来到小溪边。因在这满径的绿树丛中，挺立着最早发花的白玉兰，朵朵蕴含着白玉般的花蕾，馨香随风而来。只见雀鸽飞翔在万里云间，不见有人再低首留意冬寒残叶。

此时心中的诗书画意像湍湍的河流溢满了心间，颇觉我又年轻了一点。一步一步再往前走，迎春花含笑在阳光下，对着那黄黄的花儿，我隐语着自己，任何的风儿与花儿，都会在相匹配的情语之下，绽放出自己最灿烂的一面。春风春梦穿过了长江黄河，我向着春阳，剪了一缕溢满花香的阳光，才知我原来醉梦在难醒的春之床。

早莺逗在春树枝，草儿丛中猫在吱，春雨蒙蒙无寒意，东风鼓帆碧水至。

在那春来时的当儿，我总会想起幼时妈妈带我去公园，对着万花缤纷的园景，妈妈总会对我说，春天的美丽天下唯一，因为它是众合的奇美，无人可比。

少年时的我，妈妈又会在春天对我说，下了课多去河边看看柳树

---

① 此文 2017 年 3 月 22 日在中国作家网散文类头版第一名发表。

的绿影，因它是春天的第一轮翠景。

中学时的我，妈妈又会在春天的第一时间要求我，做好今年课外课内对自己的要求，心中要有个理想。

至此，再逢春暖花开时，妈妈对着窗外春意盎然的景色，却再也不和我说任何有关春的话题。但我此刻，已经参悟到了超越心的妙道了，和妈妈同在小路上欣赏着，体会着春来到身边那一刻美醉的感受。

青覆亭亭红花绕，清波涟漪湖水漂，千峰云云阳下紫，溢香满满留樱照。

当我又漫步在林间溪水旁时，手机叮咚叮咚响个不停，一打开，那个我心灵上的伙伴，发来了她在油菜花开满田野的照片，黄绿一片，辽阔无边。让我第一时间享受到了春的美丽，更让我感受到了溢满了花的那簇拥无间的气场，带给你的一身阳气。

在被春气裹满了全身时，又如我在青春时期务农的每一个春天。当桃花红在每一条田径边，金黄的油菜花开满了片片农田。我扶锄在那田埂边，远远地望去，我似乎被浸润在花的海洋中，被暖暖的春风吹得醉醉的。我无数次对着洁净的蓝天说着我那爱的春语，我爱的祖国江山，我爱的四季春天，我爱的青春岁月，我爱的万花春恋！

此时回忆溢满了我的脑海，犹似幽深渺远的昨天又来到了我的面前，牵着妈妈的手，踏在万花间。吟唱着春暖花开，这是我的世界，看着怒放的花，都是我心中那充满的爱！

春呀春，每年的一次见面，都在溢满花香的空气中陶然！

梅雨江南[1]

田田绿野气葱茏，蒙蒙烟雨情万种，袅袅云烟峰绵怀，滔滔江湖漫泽容。

从上海往返北京，我大多选择飞机出行。这次因梅雨季节，唯恐遇到航班取消的麻烦，我选择了高铁。想不到让我圆了一场醉美于天地，泼墨挥毫的江南梅雨写生梦。

时速每小时三百多公里的高铁，一启动，心还没有静下来，只见宽阔渺渺的太湖已呈现在眼前。这时，车窗前一缕柔纱般的细水涂抹在玻璃窗上，如同温暖的轻吻，让我感到已然进入了烟雨渺渺的江南水乡了，也是我第一次这么贴近了让我着迷的你。一直只在古今画家的笔下，迷恋地看着幅幅烟雨朦胧的梅雨江南，浓墨淡彩的水乡古桥，岸柳摇曳在水波呼唤的湖畔，荷莲翠绿的圆叶衬托着一枝枝耀然而上的清丽芙蓉，山峦那模模糊糊的身影，更有神秘江南隐藏的美丽。

果不其然，这时浓浓的云烟时而倏忽而逝，时而又突然再现。随之而来的就是密密的细雨，伴着无影的风，敲打着天地每一寸土地。水溢堤满，湍湍急无可奈何，纵涌而泄，试问无休的雨翁，你到底是

① 此文荣获第二届“中华情”全国诗歌散文联赛银奖，并收入到2016年“中华情”全国诗歌散文作品选集中。

想把谁来囚?

这时的我，真的感到自己仿佛天上坐、宛在水中央。前身云山隐隐默，后身缘青树树过，水田只露细细稻，沉憭野景寂寂漠。

忽然一缕浅阳光顾大地，那还来不及退去的浓雾，在光的裹挟下，更有九墨异彩的韵味。林中的小溪载着光照，抹去了一丝愁容，窗外的一景一色，自谓已穷千里目，岂知只是一河幕。我要凝视，我要存留在爱你的心窝!

记忆又在此时的脑海中翻腾，少时的我就是喜欢玩水，尤其在梅雨季节，任性地在溢满水的马路上光脚戏水。青春时的我，在农田中冒雨步行，让雨淋个通体透彻，洁净自己的灵魂。成年后，遮伞雨下，细心聆听风雨对我的呼唤，想象天地融我进它的美屋。

但现在的我，心如同一个觅画囤字的文篓。思绪如同飞钳剪辑着瞬息万变、卷卷浓墨淡彩的天宇苍穹。飞逝而过的页页“图片”，览尽了江南水乡，梅雨时节那时隐时现、朦胧幻影般的油画也好，国画也罢，从古至今先人们留下的美丽诗词，都让我收入其中。

中华大地呀，无论你的山河海川、风霜雨雪、浩瀚星河，都是在对着你的子孙后代，呼魂唤灵地呐喊。魂兮归来，何处不是你所想、所看、所要的天幻丽景、地幻美影，我只愿恋在祖国的怀抱，绝不散在他乡的怀中。

阳光灿灿地照射进车里，我还在依窗凝视大地，这时，播音喇叭响起：亲爱的旅客——原来已到了大气古朴的皇城根了，暂别了，梅雨江南。

倏驰南北一瞬间，江南梅雨皇城艳，浓墨淡彩时时变，两域一缝天地缘。

采 风

今天是我参加创作论坛峰会的第二天，安排到祖国的伟大建筑万里长城和十三陵水库进行采风活动。

清晨，在蓝天白云下，迎着爽爽的柔风，车一路在蜿蜒的长城边行驶着。望着那辽阔的绿野，丛丛荟草散发出微微清香，长城的伟岸身影，时而近在眼前，时而又远在天边，在湛蓝的天宇苍穹下，我已陶醉在自我的采风里。已然打开了我心里的记录仪，分分秒秒在心里收录着万里长城的宏伟壮丽。我来到了山崖翠绿、树影吻合、白云缭绕的山巅，一条曲曲蜿蜒、直抵天际的，那个给中华炎黄子孙构筑的安全防护带展现在眼前，我敬仰无比的神奇伟建。

我在岭上行走着，低头看着祖先留存至今的每一块地砖，都有陷下的残影，似乎在告诉我，曾有多少的炎黄子孙都来到您的跟前，脚踏在您的岭间，向着最远的峰岭而上，不达最高峰巅不是好汉！只待手摸着好汉碑而心旷神怡，回首留下人生最美的诗篇！

当我心情舒畅地眺望着无边的山峦时，看到那错之有序的嶙峋山峰，似乎它们个个都是天地间的护国英雄。相对而言，低头看到的自己就是渺小的一棵小草，顿时想融入在长城中，感到有股天踏地实的力量充满着我的整个身躯，那就是中华先祖给我的底气！

这时柔风又在长城的边沿习习地向我吹来，我看着那满崖无隙的荟草，与春时的万花相比，恰如朱熹所言：其容态之美不鄙也。

此时，我被山风吹得迷醉了，心在默默地清唱着：风儿无影随处见，叶儿替风在传言，云是风的主旋律，铿锵柔弱时时变。

一步三回头，手撩着长城上飘忽的云彩，心中藏着满满的您，鞠躬再见！

思绪还在长城上，车已来到了静谧的十三陵水库前。看着没有一丝波纹的库水，真像一张薄薄的无纹玻璃板，真想立马踏在它的上面，看看水中一座如同神庙般的宫殿，如今已不是当年天天在用的水库了，而是变成了浸在回忆中的那个铭刻着“十三陵水库”的纪念文物了。

周边的自然风景还真有点杭州西湖的景色，突然就勾起了我在西湖边的那一年。

这年我亲爱的妈妈去世了，我的好友夫妇为帮助我解脱对母亲的思念，与我一起来到了杭州西湖。那天，我独自一人坐在静静的西湖三潭印月边，看着清波的涟漪悄悄地在我的眼前流逝而去，我的心在呼唤着离不开的妈妈。想到妈妈在世时，非常担心一个人的生活会带给我孤寂，但她也知道我是一个内心强大的人。这时的我，看着月光洒满了整个的三潭印月，对着皓月繁星的天河，心中又在默默地吟诵着：人生如同一叶舟，不管孤橹与双轴，即使孤蓬万里征，心丰不怕没春秋。

这时好友夫妇在月光下找到了我，对我说，有我们在，你就不用害怕。我感到暖衣裹身的同时，也带着感恩的心吟诵着我给他们的诗歌：悲风恋静夜，皓月明天海，义重泰山轻，愁云蔽心外。

今天的采风，我采到了自然界的风，回忆的风，更是心的风。

秋之桂

今天又是一个阳光明媚的日子，秋高气爽。抬头望去一片蓝色澄澈的天空，可谓冷风飘中带桂香，金蕾满枝洒芬芳。

我来到了每年必去的动物园，去看望我那日思夜想的小动物，和它们一起在秋的最美时节，共享大自然给予我们的美好时光。

一入园，那浓郁的桂花香味扑面而来，千径花路唯有桂花树满蕾金黄，朵朵簇拥在深绿的母叶中心花怒放，香而软媚，清新秀丽。

那些在树上活蹦乱跳的小猴，一看到有人想扔吃的给它时，那生动的表情甭提有多可爱了。和它相望一眼，它那只纤细的手就立马伸出了笼外。虽然提示不能喂食的告示牌就在眼前，但每次我都控制不了自己，因我带给它们的绝对是没有一点会危害它们健康的食品。猴儿那个一投就能接住的能力，绝不输给迈克尔·乔丹。这时一股柔柔的清风吹来，满含桂花的香馨，如同猴儿给我的回音，我们同在秋的天地里，你的衣袖和我的毛绒一样满含着秋桂的芬芽。

一路走到了梅花鹿和袋鼠的领地，一个个懒得趴在那儿动都不动，我拿出比利时的华夫饼干喂它们，眼皮都不抬一下。当我失望地想走时，那个袋鼠慢慢地站了起来，向着饼干之处走了过来，一看，眼都肿得只剩一条缝了，唉，你又让我有点伤心悲怜你了，再拿出一块香滑巧克力亲自喂给它，才慢慢离开了。不舍地一步一回头，看到落地的黄黄的梧桐叶已铺满了整个的园子，颇有点凄凉之感。这时又闻到秋桂的香溢，如同秋的袅袅余情在眷顾着所有的生灵，我心在祈祷，天风散香薰，万物皆有情，秋水日潺湲，你我同醉心。

在天鹅湖边，我累了，就挑了一处很少有人走动的面对湖的小径边，满径都种满了桂花树，那浓郁的香味，吸引着四只天鹅在这边闲游着。湖面静悄悄的，一丝涟漪都没有，安静和悦的湖景如同莫奈的油画，和着万蕾香融的桂花树，真的让我文思泉涌，情思翩翩。秋之桂，先人不知在诗词里耀越云天，赞美无限。就是现代文人都在每年的秋季，美文丽诗如同繁花春开，篇篇令人如嚼桂花糖，满腹幽香，回味似恋。

放眼望去，一片红黄相间的秋色，一湖愔容含绿的水藻，心悦的我久久地坐在这里，一点回程的愿望都没有。只是感到晚霞已经悄悄来临，这时心里轻吟着：风声弹竹韵，月影唤桂君，为吐秋思怅，满身散香薰。

当我坐在自家的餐桌前，还在回想着那棵棵的桂花树时，又一股桂花的香气直涌我的房间，一看，楼下的一棵金桂花又盛开了，可谓一枝浓桂窗前扬，香薰书卷纸芬芳，一束金蕾满怀韵，只等秋风送满江。

秋桂呀秋桂，今秋你可是秋荣之顶啊！

秋思无垠

一夜秋雨洗残暑，云山秋色花叶素，采菱晚歌袖中凉，夕阳一抹清月出。

昨夜的一场大雨，北窗雨打声声，淅淅沥沥，脆脆如珠。观外柳影摇风，梧桐叶落如恭。秋意立刻袭来，脑海一片秋的情景奔涌而来，回忆如同思绪的宇宙，无垠无边。

记得我第一次对秋的沉思，是母亲对我的一次教诲。小学三年级，老师来家访对母亲说了我的缺点，就是在上课时，常常心不在焉，不知在想什么。当我回到家后，正是夕阳西下的时候，妈妈把我拉到阳台上，对着金色的余晖，和声柔气地对我说，你看到那晚霞有多么美丽吗？但这只是一瞬间的美丽，马上天就会暗下来，消失无影。你今后要懂得读书上课如同天天的夕阳西下，错过了这一课就等于错过了一天美丽的晚霞。然后摸了摸我的耳朵就走了，留下我一人在阳台上，对着天空冥思苦想起来。

这时的我被妈妈的话拨动了心弦，顿时一个顽皮的我，变得有点安静了起来。对着渐渐变暗的天空，凝视着仍是那么美丽的晚霞。忽然天空的一轮皎月露出了它的清光，夕阳顿时掩去了辉煌，闪闪烁烁的星星也繁步踏来，我似乎被这美丽的晚霞和妈妈的比喻敲醒了脑门儿。我一直留在阳台上，对着清月繁星的澄澈天空，想了很多很多，但主要并不是我对上课有什么特别的想法，而是对老天爷佩服得五体投地。它设计的天地这么美，而我却一点都没有关心过它。

自那一天起，每晚我都会到阳台上，不管下雨刮风都要对着天空望望。这个习惯一直到现在都难改，就是因为那年的秋天，妈妈给我上了一课！也就是在那年秋天，我真的懂了，什么叫自然界的美丽。自那个秋天开始，我爱看画了，爱听爱读描写自然风光的音乐和文章了。此时美丽的回忆一下涌来，立马响起维瓦尔第的《四季》小提琴协奏曲，醉在回忆妈妈给我美的启蒙中。当听到秋季的悠悠琴声时，我心里对妈妈说，妈妈呀，秋又来了。我仍是清晰地记得，你那时拉住我的手，对我说的那些让我醉了一辈子的话！妈妈呀，何时才能见到你？这是我在秋时唯一的惆怅。

在每一年秋天，当我站在高山之巅、海河之边、溪流小湾，我都会想起给我启蒙的那一晚。眺望秋山峰云偎夕阳，清月独寻依空江，芦风竹影临溪洒，秋思无垠醉眠床。

再拿起《唐诗宋词》，再翻看那首首咏秋之诗，令我又陶醉其中，掩卷而默默地遐想。再看秋的油画和隽永的国画，陶醉的同时，让我真正领悟到大自然的美，何止秋一季，而是每一时。

高风送秋月华清，穿林夕阳斜过云，山间袅袅炊烟浓，淡笔勾勒心秋影。

秋啊，美无语，思无垠！

漫步在山林

初冬的薄冰在落满黄叶的银杏树下静卧，薄雾弥漫在山峦林间。低首漫步游走在云间的山间小路上，如同淡纸浓笔融化在天地之间的一幅彩帘，帘外迷迷茫茫，帘内静静谧谧，唯独思绪缠缠绵绵，美轮美奂。

人与人之间，包容很易相处，但要寻到灵犀相通的知己，却难之又难。故此，孤独对我来说，非常惬意，因在自己静谧的空间，幽思遐想，提笔洒洒，簇拥诗书，淋漓尽致。

最近儿时的邻居聚会频繁，给我的人生带来了不少的欢乐，如同在静静的湖面上看到了山林立体的倒影，对着那身边高大遒劲的老树，向上望去，树尖直插云霄，真有感觉如在天空驻留；再往下看着同一棵树的倒影，树尖下探湖底，又如同找回了童年时的感觉。回望曾经的岁月，一步一回头，人生已到尽头。

五十年不见的小伙伴，见时相拥相惜，暖暖的情谊直达心底，你问我答，我听你诉，相互对望，容颜已疏。忽然一句童语，激起了回忆，开怀大笑，儿时那蹦蹦跳跳，你拳我脚，你追我跑，撞墙起包，都在这一时感到无限的快乐！

历经沧桑岁月，各自都有难以尽诉的心言，一切点到为止。每个人都有一个理想的天空，又必须有一个脚踏实地的能力，每一个人的一生终有喜有憾，不怨曾经的沧桑，只看当下的彩虹。

看着山林中的山涧小溪，回旋流淌，听着细细的流水声，感觉到舒心静雅，如同汉文古诗吟咏在胸。数着脚下的盘卵石，好像又和顽童在下着象棋，你上马，我开炮。

当一轮清月初露天穹时，漠漠薄云里，有觉夜寒意。袅袅升炊烟，丰舍温情淹，夕阳临溪散，红光披峦肩。此时又回想着儿时郎和小姑娘成双成对进了婚堂，如今三代一堂，含饴逗孙乐欢畅！

沉溺于轻雾朦胧的山间，回巢的鸣鸣鸟语在耳边叫唤着，仿佛在告诉我，我很想让你留在这醉人的山林之间，和我诉说你那尘封的岁月，和难以忘怀的情殇爱言！

哈哈，我会心地朝着归巢的鸟儿说着，清幽傍晚的山林，有我托思的梦想，又有寄思的惆怅。独回山下，轻灵背影，寄情难忘，那就是我已寻到人生开始的初页篇章！

清霄月明，心境恬谧，回想着那已回不去的童年，加上美丽如春的晚年，留在祖国美丽的山林间，一步一步仍在向前！

上山，如同人生在历练，一步一个台阶，直至你可到达的山巅。下山，如同人生的经典，一步一个故事，直到你找回所有人生难以忘怀的情和缘！

漫步在山林，找回了我的童年。

我的台湾梅山之游

一九九五年圣诞节的那天，是我到台湾与亲人相认的第一个月，我的妹妹一家带我来到位于台湾嘉义县东北角的梅山游玩。因我从小就喜欢眺山望水，心想台湾的山水必有与众不同的风景和神韵，故对它的想象更是超越了山水的框架，袅袅的思绪飘忽天际，直抵寰宇深邃的空间。

一路风景美不胜收，环山公路蜿蜒迂回，坐车眺望远处，山峦起伏，虽不如崇山峻岭那么气势磅礴，倒也不失其巍峨秀丽。山间翠竹青青，路边红红的圣诞花点缀着山坡，呈团簇状，一蓬蓬的，分外火红，真是红得恰到好处。

此山最高点称之为大峡谷，与世界各地的大峡谷相比，有着土层结构的不同，风格自然也就不同。放眼望去，紫气萦绕，晴天碧海，万物众生，天地之间，仅差一手之感。如此完美，天刀地斧，天公地匠，谁能与之相媲美呢？

山林之间，偶有林中村落，有山民居住，男耕女织，有油画般的诗情画意，但进出的交通工具却是很现代化的，因他们的山路都修得很到位，并且灌溉的设备都修到了山顶。

不见了老牛，不见了马匹，更听不到驼铃响了。山农们造的房子，够大够宽敞，足够让你的亲朋好友来此欢聚一堂。看到山农们喂养的山鸡，只只硕大肥壮，真可谓是原生态。

当大伙儿都在午睡时，我拿了一个板凳坐在了山涧的凭栏边，独望着天际那淡淡聚来的云彩，如同我一生的坎坷岁月，页页如新似的回顾我与亲人团聚的艰难旅程，默默背诵着那与父亲在天的心语，因为这是父母的一段刻骨铭心的爱情故事和一个遗憾终身的离别。

看到那在脚下潺潺流淌着的山溪，清静而淡定地悠悠缓缓地流到下一级的涧渠，犹如母亲在我耳边的话语：你很像你爸爸，你爸爸人很好很好。又似母亲在对着父亲说，我把你的骨血完美地交还给你了。

令我无比心痛的是，妈妈和爸爸分开后就再也没有见过一面，我就是一个名副其实的遗腹子。那淙淙的溪水仿佛带去了我的思念和寄语，这时的心里话如繁似简，意深难诉。

当我的气血在心中翻腾的时候，我对着脚下的山壑喊着，妈妈！爸爸！顿时回声从山底回升了上来，我感到这是神带回了爸爸妈妈给我的传言：孩儿，不要太难过，一路往前吧！

夜晚来临，我又来到了山涧的凭栏边。在月明宵静之时，我仰望皓月霜清的天空，我的灵魂如飞进了月宫云阶的神话世界，难诉我那萦于心扉的念父之情，这时的我如同身浴在泪波之中，难以自拔。

清晨林鸟啁啾的声音唤醒了我昨日的梦幻之旅，我来到昨已登上的山巅之峰，在晨雾浓浓退去之时，仿佛天帷之幕在徐徐打开。阳光下的梅山全景尽收眼底，眺望山野，层层茶园，片片槟榔，青竹交错相映其间，艳丽的山花开遍山野，透出了梅山的秀丽优美，真不愧为一流的亚热带风光！我就在情升袅袅的天宇间、梅花浓浓的山岭前结束了我的寄思之旅。

飞龙助力白云渡，缘源重逢亲归祖，泪眼眸中情难诉，千言化作一相拥。

万壑涧水岭，有我洒给你的心言。秀丽的梅山，贴上了我对你的思念。

九寨沟之行

各位好友：我终于可以静静地坐下来给你们写信了。

九寨沟之行，可谓一路行，一路感叹，一路思潮滚滚。心底涌动的千言万语，可能罗列的美丽词藻，凭我的这支秃笔，是远远无法描绘的。

因为导游的合理安排，上午到达成都机场下午就赶紧坐汽车进山，第二天下午才到达第一景点，坐落在雪山顶上的自然风景区——黄龙。

我们一行在高原严重缺氧的气候条件下，缓缓爬向黄龙的主峰。一路上男女老少相扶相携。看不完的迷人景色，特殊的地貌、土层结构、水流，把整个黄龙冲砌成梯田形的一个个五彩缤纷、颜色迥异的彩池，蓝的剔透，绿的碧翠，仿佛深邃的蓝天掉在了地上。池边是淡黄色的岩石自然砌围着，池水不溢不涸正好一潭。静静的，像一大块一大块的明镜辉映着整个的黄龙。拾木栈道而上，层层叠叠，一池又一池。薄薄的瀑布由上而下轻轻地流着。在这里，人们都不忍心大声喧哗，生怕破坏了它的静谧和祥和。无奈一群人手口发紫、心跳加速，只能半道而返。回到住宿地，一个个都因缺氧死去一般倒头就睡，臭脚臭手臭脸都甭管了，一股脑儿丢到了九霄云外。第二天一早还没缓过劲儿来就又下山了，去我们日夜思念的九寨沟。

一路颠簸，下午才进九寨沟。一进去，自然的未曾破坏的景色一下子跃入眼帘，人们狂呼不已兴奋万状。小溪像玉带围绕着进沟的路，一路欢唱，时不时地掀起阵阵白白的浪花，哗哗流向远方。

渐渐进入第一景点——盆景滩。只见树在水中生，水在树中流。一滩一滩，是水冲后自然形成的一块块小陆地，有大有小，错落有致，故称盆景滩。顾名思义，略加想象也就有如画般的美丽了。

第二景点是芦苇海，只见整片低矮的芦苇群中蜿蜒淌过一条狭长的深蓝色的湖。湖水浅浅的，芦苇开着悠悠的芦花，微风轻起，吹皱湖水，轻拂芦花，拂去你一路辛劳。但我总觉心中顿起悲凉之感，愁绪万千。

徒步来到犀牛海。每一个景点都有一个相应的美丽传说。放眼望去，对岸青青黄黄，偶尔露出点点红叶，满山遍野低矮的灌木丛覆盖着整个山坡，丝丝绒绒，柔软无比。感觉好极了！山脚下即是蓝蓝的海水，这里称海，其实是湖，这是九寨沟特有的水质。可惜此时雨点纷纷而下，雨落水中，星星点点，别有一番景色。我们依依不舍一步三回头地回到了宾馆。

晚上，应邀参加藏民们的篝火晚会。如今九十年代，已不是想象中在野外燃起篝火的那种情景了，而是在建筑华丽的寨子里举行。一群群面容姣好的藏族姑娘翩翩起舞，美丽动人，令人赞叹不已。我捂着阵阵发痛的胃，喝下一杯青稞酒，却没有勇气喝酥油茶和奶茶。带着她们献给的哈达进入梦乡，却不料梦里还摸了一把清一色。

第二天去九寨沟，导游让我们一早进沟是为了抢在八点以前到达一个特殊的景点——镜海。因为此时无风，海面静悄悄的，一丝波纹都没有，仿佛一面大镜子。对岸群山的倒影清晰地映在了海面，仿佛天地置换了位置。人们纷纷拿出了相机，咔嚓咔嚓，拍下了它的美景，却无法留下它的神韵。身临其境，双脚仿佛被大地粘住了似的，脖子扭成了九十度。个个酸脖腿重地回到了车上。

哇，这又是一个世界奇观——珍珠瀑。刚进景区，浅浅的流水如同粒粒珍珠，晶莹剔透，欢蹦乱跳，沿石滚落而下。沿木栈道而下，岂料粒粒细珠在此处已汇成喧闹而下的瀑布，仰头望去，水从天上来，狂泻不止，奔腾而下，疑是银河落九天。此情此景，绝也！我为它的美丽所陶醉，被它的魅力所折服。一个珍珠瀑，犹如一首交响曲，循序渐进，妙不可言，回荡于胸。

顺道而上，进入风格截然相反的原始森林，骑上一匹高头大马，由牧民牵着缓缓进入林区。高大挺拔的松树耸立在林道上。一步一咯噔地沿着林道行进，但只有半小时就退了出来，虽是下午三点，好像已近黄昏，秋风瑟瑟，原始森林更显其神秘森严。因要赶最后一个景点，匆匆下马，留下了一张令人捧腹大笑的照片！

最后一个景点，也是我最喜欢的蓝海，名曰孔雀海。俯瞰，整个海面犹如一个即将开屏的孔雀，煞是逼真。走近细细观望，湖中有鱼儿在等待着游客喂食，余晖映在湖面，波光粼粼，湖色清澈见底。即便是蓝色的水也一点不妨碍你的视线，湖底有什么一清二楚。没有人会动它。因为它太原始了，不带任何造作。其美丽算是真正的原始美！是童话里的仙境，是仙女们沐浴的浴池，令人遐想不止！

该打道回府了，沿着湍流不息的岷江顺流而下。有多少像岷江那么长、那么清澈、那么日夜奔流不息的江河流遍了祖国的大江南北、三山五岳，养育着中华儿女炎黄子孙！该给予的都一一给予，就看你们如何去保护它、发掘它、发展它了。

此信一气呵成，现已凌晨两点了，我迫不及待地写给你们看。因它太美了！照片是风景多，在这种风景区，人一进去就没了自己。因为它太神奇了！

你们的好友蒙蒙

1997.10.18 凌晨

苏州西山明月湾

前天清晨八点出发，一路在艳阳的高照下车辆通畅。看着车道旁迎着晨阳的芙蓉树，红白相依的花儿朵朵高昂着那秀丽的脸庞，注视着所有途经的车辆，似乎在祈福着顺利远行，幸福就在你们所要到达的前方，等候着与你们的相聚欢畅！

农舍的主人静候在迎客的路口旁，美味的饭菜飘香入鼻，馋水下咽，狗狗也被欢乐的气氛所感染依偎在脚旁。你敬我让，儿时的童趣唤起了纯真的友情，那时一个苹果四人尝，一根冰棍仨弟兄咬，今儿一餐吃遍了回忆的真情，那叫一个幸福呀，我的旧邻姐妹！

迎着微凉的秋风，漫步来到了浩瀚的太湖边。静静的湖水，偶见白鹭飞在眼前，时而侧滑而翔，时而依湖平飞，转而不见踪影。这时夕阳的红光映满湖面，碧波微漪的湖面顿时洒满了金灿灿的光芒。那醉人的夕阳晚景，悄悄就在瞬间让明月替换了位置，在红色退潮的同时，让我看到了宇宙苍穹那伟岸的身影，美在沉思绵绵，难以相拥入怀。此景虽一望无际，却仅仅只是明月的一湾！

清晨，踏步来到明月湾的古镇小街，心想古镇见得多了，我的知青岁月就有四年生活在一个也是很美的古镇上。却不承想，眼前的这个古镇，改变了我以往的观念，似乎被它那静谧激活了我对古镇文化的一种探索。

踏在小街上每一块厚厚坚硬的石块上，才知每一块的石板年龄都在二百年之上，小径两旁的民宅，基本都是清朝嘉庆年间有着深厚江南韵味的古建筑。长期以来，随着时代更替和经济的发展，镇上的原村民基本都已外迁到太湖的前沿边，筑起了新的街巷。留守在古镇上的村民基本都是耄耋老人，老宅都没有维修和改建过。当我看到背街的墙上，黑黑的霉斑沾满了整个墙面，连那薄薄的木板窗框和楼道遮栏都是灰暗的，眼前的一切虽感凄凉，但一想到吴冠中那江南水乡的国画，还真有那精彩的一笔。

突然又见硕果累累的蜜橘挂满了这条背径的小道，在树下竟也看到散养的鸡、鸭、鹅在鸣叫着，顿时感到动物之间爱的传递。抬头再望整个的一条街景，似乎相隔不远的祖先就在眼前。看看各家宅院的门廊上都雕刻着自家的姓氏、建造年月，忍不住就进去看看，当离开时真有点古味黏身的感觉。我心在祈祷，我的先祖，在两百多年前的今天，这么漂亮的宅院一定有着无数精彩的故事。那斑驳的厚厚的岁月就是一本本的记事真言。我感慨无限，依依不舍，满脑的古诗古文涌现在心海，这就是中国华夏血脉的相传！

当我听到好友的老公在深情地吟唱着："当你老了，头发白了，睡意昏沉……"时，我被他的歌声温暖着，看到在座的发小儿都在把今天美丽的留影发朋友圈时，我诗兴有感而发，抒发心中难言的深情：

秋湖静波夕阳恋，岸桥娇影回童年，霜鬓白发如似月，秋枫不差春花艳。

在无限的感慨中，告别了充满了古韵味的苏州西山明月湾！

第五辑

留下爱的见证

妈妈，春天有你多美呀[①]

一丛深花倩倩丽，一片云烟袅袅起，春水清幽涟涟漪，梦里思母泪泪滴。

每到春天，山河海川、溪湖小径，眼前都是万紫千红，天呈祥瑞。聆听无影的风踪，以及春递给我的仁慈吉言，一年新的开端充满着无限美好的希望，眺望着祖国的美丽河山，充盈着对春的思念和无限的向往，定好自己在新的一年里的努力方向，敞开心怀，享受着春带给我的一切蓬勃向上的力量。

妈妈在春来临时，如同生前那样，常常微笑着对我说起那句话“小妞，春天又到了，给自己做一个计划，不要耽误了最美好的一年的第一季”。

其实在小时候，我不太理解这类过于深奥的话。我只想听妈妈说，今天我带你去哪个公园，明天带你去黄浦江边或者是你想吃点什么春菜，我都会高兴得跺脚蹦跶。抱住妈妈的腿，缠绵得一点都不想离开妈妈一步。正因为妈妈特别宠我，我顽皮如同一个男孩。就连妈妈对我新的一年开始的安排，都被我的顽皮给搅乱了。

比如让我进画室，交了学费却连连缺课，不是在电影院就是在篮球场。给我找了打网球的教练，却老是在游泳池里上蹿下跳。当妈妈

① 此文 2017 年 4 月 13 日在上海市《新民晚报》“十日谈”上发表。

对我颇觉失望的时候，又看见我一人安静地在那里画画，画的托尔斯泰《复活》中的卡秋莎是那么惟妙惟肖。又见我独自一人缝出的洋娃娃是那么的可爱。看见妈妈对我露出无奈的微笑，我也会对她哈哈哈地炫耀一下我的作品。

妈妈还是微笑地对我说："傻妞，做什么事都要有个计划，如在春天下种子就是这个道理。"

一直到如今已过花甲之年的我，每到春暖花开的时节，我就会想起妈妈那时的话。尤其在当知青的时候，深深体会到，年年春夏秋冬的含义。当人生一步一步地走到如今，更是体会到了岁月沧桑中如同四季的深刻寓意。每到我为了纪念妈妈而种的花开时，我就会想到我要去看妈妈了，我又可以在妈妈的墓前和妈妈说说话了。

看见墓碑上那美丽的微笑着的妈妈，我们在她的像前摆满了淡雅的花束，更衬托出她生前被公认的儒雅气质。此时此刻，我的脑海里全是爱我的妈妈，也是我一生一世永远脱离不了的精神支柱。

我在鞠躬悼念的时候，向母亲汇报了我去年的成绩以及今年的计划。我心默语着：亲爱的妈妈，傻妞仍在听你的话，春又来了，你不用再为我惆怅。你永远地安睡在天堂，等我明年送你花时再附上我的成绩单，好吗？哥姐都感到妈妈在笑了，我们仨和她一起合了影、留了念，我心中在咏诵着：柳絮依依软如丝，柔影在湖偎涟漪，幼莺叽叽唤母醒，春风已裹我和您。

妈妈，春天有你多美呀！

旧照的遐想

春夏秋冬，姹紫嫣红。岁月如流，姣容添愁。我在回头，你在何舟？但愿你我，同身宇宙。

今天翻阅旧时的照片，一边翻看，回忆一边争相地涌来。如同岁月更替的脚步，一印一痕；又如深邃的大海，一潮一浪。像那春时万花争艳，繁枝争相出墙；又像夏暑热得酣畅，只愿融冰化肠。秋到黄叶飘落窗前，果收枝败惆怅。冬来紧衣冥思阳下，欲诉恐乱她人家常。

就是在这悠悠逝去的岁月中，照片留下了往日的时光。不散的宴席；旅行的脚步；成长的记录；先人的尊容……一直到现在老得惨不忍睹。

在翻阅的过程中，一个个旧时的亲朋好友，个个清晰地呈现在你眼前，和你讲当年的故事，栩栩如生。这时的我已把岁月硬披在我身上的老衣脱去，和青年时一样，朝气蓬勃，活力无限！

和我美丽的妈妈贴身细语，我爱你无限，思念你无限，只是愧感回报你太晚。因你希望看我用笔写出美的感言。

和我那慈善的父亲如他在世般地聊天，如在天地云间，诉说我那如梦如幻的思父情缘。吻着爸爸的相片，泪流满面，满怀对你的爱，只能用心语呼唤。

这是一张新照片，是一张对我来说这辈子不可能再有第二张的近乎传奇的印版！他是我父亲的孙子、我的亲侄子，也是我唯一认的儿子，一个纯朴憨厚的民间作家。相隔六十四年才到我的跟前，是惊喜还是遗憾，此时的我又脱去老衣，心携爸爸的爱意，以那浓浓的血亲和家乡的亲人心心相印！

春时的大地，有你有我，迸发出美丽的青春，迈开双腿，怀揣梦想，飞向明天。留下倩影，留下不能返回的美好时光。

夏日的大地，有他有我，精神抖擞路上奔波，累颜汗流，养家糊口，为了明天。留下靓影，留下不能返回的甜蜜笑容。

秋到的大地，看你看我，气场还在偶露憔悴，收获累累，心满意足，过好明天。留下身影，留下不能返回的峥嵘岁月。

冬至的大地，思你想我，娇容已衰，心绪如绵，旧情难忘，日日怀念，有否明天？留下老态，留下给儿孙的一点点纪念。

春夏秋冬，如同窗外的花天草地，用七色笔画出多彩的人生，挂满了天墙地壁。我要脱去老衣，唤出我尚在的亲朋老友，忘了明天，尽情诉说那逝去的春夏秋冬留给我们的纪念！

不一样的感觉

今天和哥哥约好去给妈妈扫墓。

不想一直阴雨连绵的天空，今天却是阳光明媚。气温随之上升，还不敢脱去冬装的哥哥，一下被热得连脱了两件衣服，侄子干脆只露双臂开车前往公墓。听说今天是农历二月初二，龙抬头的日子。在春风和畅、暖心温馨的今天，可谓是一个吉祥的好日子。我已等不及地在心中喊着："妈妈，妈妈，我们来了！"

一进那熟悉的艺术墓区，妈妈的照片就在我眼前悄然安静地出现了。看着那张永世挥之不去的旧照，脑海中立马出现了妈妈那让人赞美不已的倩影。当哥哥洗完墓碑时，我就把黄白的雏菊满满地铺在了美丽无比的妈妈像前，我们三人各自朝妈妈鞠躬默念。我鞠了九躬，哥哥问我，为何今天鞠那么多，我说，有多人托我代以悼念。其实，我心里在鞠躬的同时对我那爱我无限的妈妈说，你可不可以醒来一下，我多么思念你，我亲爱的妈妈呀，我的心，我的魂！

当哥哥想坐在妈妈墓前稍稍休息一会儿时，我就在阳光的陪同下，在周边的各个墓碑上看看有否令我感动的事情。

只见有的新墓背面刻着"张门家族"，有的刻着"思念"等等。看着他们的碑文，觉得到了另一个活生生的世界。

这时我顿悟到，一个人当你的善良遇到荒凉，当你的爱心遭到冷漠，你不用凄凄流泪、愤愤不平。请相信唯有公平如大水滚滚，唯公义如江河滔滔。要得到心灵的升华，唯有手洁心清、不向虚妄、不怀诡诈。

千穴万墓躺阳下，千文万语告天下，身在人世慈为先，不怕孤魂没人仰。

安然的我，在春花满地开放时，我用真诚的爱心祭拜了爱不够的母亲。

今年的祭奠和往年相比，真有不一样的感觉！

我爱我爸爸

痕，带给人们的想象可谓穿越人的一生。不堪回首，不敢触摸。轻痕痛，深痕血涌。但它又如影随形，日夜相伴，挥之不去。

人的一生，不留下痕迹。反之，只要是生存于世，必留痕迹。若后人循迹而往，必摸痕而详。故此，痕字带有病字头，令人望而生畏，不敢轻易点触。恐生令人难以接受的想象，或许惊天动地，或许悲凉沁骨，或许笑逐颜开，或许涕泗滂沱。故心中的痕就是风雨彩虹的画笔难以抹去。

我的人生经历，可谓和我父亲的名字串在一起。他叫郝少痕，也许是想在他的一生少留点痕迹于世。但事与愿违，他的传奇人生不但有不少痕迹留世，还令崇拜者仰望。他佛号为佛真居士，善为他人，施恩于周遭，唯没自己。粗衣素食，爱心溢世满满。

当我出生于世时，我与我的爸爸从此绝隔到永远。在我刚来到世上的第一天，我的心就已经被父亲深深地画出了一道永远难以抹去的伤痕！

在六十几年的人生长河中，少时对父的感觉懵里懵懂，青年时幻想重重，成年后盼望早日相逢，寻父的过程崎岖难以形容，找到时只能墓前捂胸，心中的伤痕毁了娇容！

而每当想起这道伤心欲绝的伤痕，仿佛爸爸时时在提醒我，不要再怨天尤人，正视已逝的过去及当下的存在。听爸爸的话，施善于人，得慧于心！

我日夜思念我的父亲郝少痕，因你留在我心中的痕再也不是痛而是福！

我愿意每日轻触我心的留痕，因为可以把爱传递给人世间使它变为正能量！

故我的笔名为思痕。我爱我爸爸。

日思夜想的苦难

曾几何时，人们能对苦难诠释很富有哲理、很透彻、很现实、很缥缈、很有画面感……能深深地落入你心的，有吗?

这时似乎听到人人都抢着诉说自己的感受，来自生活，来自爱情，来自理想，来自……

当一个问题有那么多的答案时，我不会全然接受，我倒是统统把它放进我心囊里，慢慢逐个地去梳理，以求达到我的理解。

很多油画家都会画一种让人很伤感的、以思念为主题的女人，画面的笔触很细腻柔和，或坐在阳光下看着情人的来信，或是拿着书本在细细品读，从她们不同的表情上，都让你有某种共鸣，无论哪种格调，你都会有无尽的想象，融进画面，让人沉醉!

曾几何时，当我的母亲深情地看着我时，她那美丽的眼睛总是湿湿的，我只觉得她很美、很爱我，我却不懂她日思夜想的苦难!

曾几何时，当我母亲看我写字、画画，看我的诗歌、作文，我感到母亲在欣赏我的同时有种莫名的伤感蕴含其中。我还是没懂她日思夜想的苦难!

我恋爱了，深深地体会了那日思夜想的苦难！一直藏在心中的，那油画中幅幅栩栩如生的女郎带给我的思念的领悟，就是千年不变的日思夜想的苦难!

曾几何时，当我回想母亲在白发染鬓的晚年，仍用她那柔弱的眼光深情地注视着我的时候，我泪如泉涌，我读懂了她日思夜想的苦难。

日思，恍恍惚惚，百物皆空。夜想，天际遨游，恋人如风。苦难，时时相伴，风雨同舟。

在颇多的苦难中，我认为日思夜想的苦难最为残酷，因它伤心伤感无望寂寥，痛彻心扉不能言语。远在天际飘在脑海，看似清晰忽然散远，相依相拥天上人间！

日思夜想已无终，身心满满隙无空！人间苦难纷纷诉，唯有思念更动容！

以此文纪念母亲对父亲长达五十年的思念。

女儿蒙蒙 2013 年 4 月 16 日于上海

留下爱的见证

今天是西方的节日感恩节，我备感秋空寥廓，草木萧瑟，溪河静咽。因今天对我来说，就是一个让我割心裂肺的日子。

我在静默中对着上苍，喊着我爸妈的名字，我哽咽着对他俩说：“妈妈，爸爸原来是如此爱你”“爸爸，你原来对妈妈是如此忠诚”。你们在天堂就好好相聚吧，等待你们的爱女早早来到天堂与你们相会。

在解放初期我的爸爸到了台湾，妈妈因怀上了我行动不便而未随爸爸一起离开。不曾想到，这竟会给他们那场旷世的爱情画上了终结的句号。也不曾想到在今天，一个特殊的感恩节，让这场令人痛惜的结局，在众人默祈感恩的同时，重新翻开了令人心碎的一页。那就是，父亲在台湾的日记本由我的侄子带回了大陆。

在我侄子那痛不欲生的泪声中，帮我读完了爸爸日记中详细记载着的他对我母亲的相思之苦，以及爸爸妈妈分离时两人的六条誓约，一一地记录了下来，日记的时间是一九五三年，我三岁。突如其来的消息，打开了我那不忍回忆的尘封岁月。

清凉的月色在泪满的杯水中如同妈妈的灵魂在诉说着这一切，月映悲心。独斟着那杯浓浓的苦咖啡，随着时间的分分秒秒，我想到妈妈为何总是对我说，你很像你爸爸，你爸爸人很好很好。很多时候，妈妈总是会呆呆地看着我，然后会轻叹一声回眸朝别处望去。妈妈天天五杯咖啡，总在喝咖啡的时候，静默沉思地看着我。妈妈是一个有教养、有文化的儒雅女士，因为对爸爸的思念和遵守互相定下的誓约，妈妈未再改嫁。

当我费了二十几年的心血终于找到爸爸时，爸爸已去世了。当我从台湾寻亲后，带着爸爸的骨灰回大陆时，台湾的亲人没把爸爸的日记本交到我手中，故我只拿到了爸爸的诗歌本和他的书法作品。当我回上海见到妈妈的那一刻，只见妈妈在流泪，我知道她此刻的心情是疼痛难忍。晚上妈妈看了爸爸的诗歌后，一个人又在那里默默地流泪。

我从小就知道父母的爱情故事，我非常理解和心疼我那亲爱的妈妈，一生为了我所付出令人难以想象的艰辛。但我没有带回爸爸给妈妈写的任何留言或只言片语，令妈妈倍觉伤感。真是伶俜茫茫无告语，至爱一生空如遇。我对爸爸也有了作为一个丈夫和父亲的不足之处的怨意，更感到爱情这东西的缥缈。我心疼妈妈，就是妈妈逝世这十二年来，我每天都会跟妈妈说说话，想念都在每天的分分秒秒，因我们母女真是惜惜相扶地走过了她和我那漫长的坎坷岁月。

当我今天知晓了真相后，我整整哭了一夜。我真的心疼妈妈，我想告诉妈妈，爸爸对你是如此的赤胆忠心，你不要有遗憾了。他没有一天不想你，以致他的第二次婚姻都是在怨气中度过的。爸爸一一都把它记了下来，我也理解了为何当时他们不肯给我爸爸的日记本，因我的继母还尚在人世，并且继母对我非常好，也是一个善良之人。可是遗憾总是随妈妈而行，我的泪水潺潺而下，泪中的余温充满我对母亲的思念。爸爸在日记中这样写道：

“我记得你告诉我，每晚的深夜，你到电台的播音室在话筒里叫你的名字：‘少痕，少痕’我会每晚躲到小屋里去听你的声音，我就知道你还活着。”（这是誓约中的一条）

“我找了你三年了，都没有你的消息，我焦急，你在哪儿？”（这

是爸爸对你的思念）

妈妈，你听到了吗？这就是爸爸为思念你而留下的心迹！

泠泠七弦音，跃符似我心，残绿愁红日，对岸难传情，秋夕山隐西，明月躲树里，誓言可有遵，日记留真义！

清宵孤独的我在感恩所有人的同时，也陷入了物在人空的无限哀婉之中，我对着爸爸妈妈的遗像，深深地对着爸爸说，我感恩你对妈妈的忠诚，对着妈妈说，我感恩你对我的艰辛抚养，对着爸妈的合影，我感恩人间的痴男怨女，爱情真的会感天动地！

我睁着哭肿的双眼，心颤地写下了我对爸爸妈妈的无限思念和人间那最美的爱情见证！

我只想荡漾在纯情的爱河中等你

春又来到了我的身边
柔暖着心的田野
心花在悄悄地开
我如坐在心海的摇船上
荡漾在纯情的泓波间
我遥望无边的蓝天
心无一丝悬念
与大海与苍穹
倾诉我的心言

当我在心里抒写着我的歌词时，我的心册随着歌词在悄悄地打开，原以为可以一直存封到老，无人知晓的那一半，却让春风暖暖地吹开了我珍藏的情怀，可谓一缄心书藏何情，春风一吹自解谜。

人的灵魂不受四季轮换的约束，但在四季的风中，感到春夏秋冬给你带来的无穷喜悦和绵绵的惆怅。当你悄然打开那珍藏的情感心册，也就是告诉自己，这才是你无法消除的人生真挚的爱情回忆，也不需他知道他在你心中的存在。我只喜欢独坐在悠悠的一叶扁舟上，在春的阳光下，在岸柳翠翠的湖沙沙中，心中吟着浪漫的歌、诗、词，在天籁中演绎出爱的美丽纯真。

悠悠荡荡在爱的静河中
我剪一缕蓝天白云
我手浸于春波涟漪的
清水中
我感到爱情的纯真
多么可贵和神圣
赤裸着那颗真诚的灵魂
能让你看懂
我的真爱

情缘的由来，一直是他那无穷的魅力在左右着你的灵魂。所谓的一见钟情，多看了你一眼的传奇，描绘爱情的语言在人间传播了千年至今，都没有真正让人懂得风神给你传来爱的真实定义。我又在纯情的爱河中追思着我那甜美的爱情，给我人生增添幸福的感受。昨天，今天，明天，又会有谁在爱着你。

春风十里荞麦青青
山高水秀难赋深情
一泓清波向东流去
我却驻足岸柳聆听
我与风儿约定
传语我心的那一半
不做约定
但我会与你永远同心

忍不住打开了相册和文件夹，看到了不同岁月留下的照片。我的思念，又在眼前出现。待到漫山春花醉在前，我问自己，谁说梅花没有泪，只因等你，几度寒来望春归，花前共吟一声，你珍我惜花骨满地泪！

爱情缠绵如同水漫川流，众花奇美我只在乎你。此刻，我只想荡漾在纯情的爱河中等你！

海呀海

这几天，马航失踪之事引起了世人的极大关注。那浩瀚的大海，却如此寂静无语。我就在想，海呀海，你可以发出一点声息吗？让无意投入你怀抱的生灵能告诉一下他们的亲人，他们现在何地！让关心他们的世人从寝食难安的状态中解脱出来。

海呀海，我对你是那么爱，又是那么怕。因你留给了我一个难以忘怀的故事，一个因爱情而诞生的我，一位母亲对女儿的不离不弃。

从小就由我的母亲呕心沥血一手带大。而童年的我，有妈妈的百般爱护，我都不知道爸爸为何意？

每天看到同学们的爸爸神气十足地出门去上班，又看到我妈妈每天都是风度翩翩下班回到家，都不觉有什么异样的感觉。但是我还是问过妈妈，我家为什么没有爸爸？记得那一天，妈妈摸着我额前的头发对我说："爸爸是用来挣钱养家糊口的，你妈妈能挣钱养活你，故我们不需要爸爸。"现在回想起我的童年生活，因为有妈妈的宠爱，我的童年是非常快乐和幸福的。

在小学四年级的一天早晨，我班一个和我要好的同学，一到学校就找到我哭着对我说："我爸爸妈妈今天离婚了。"我不懂什么离婚，她就告诉我说："就是我妈妈从今天开始就不能回家了。"我不知该对她说什么好，我就说："也许你妈妈不会挣钱，以后我陪你经常去看你妈妈吧。"谁知她对我没好气地说："人家还讲你聪明呢，连这个都不懂。”乖乖弄里咚（苏北话就是哎哟哟）真是马屁拍在马腿上，我的真心被她狗咬吕洞宾了一下。但在上课时，我思想还是在开小差，觉得这里面一定有我不懂的东西，否则她决不会“犯上作乱”的。但我不想问妈妈，怕妈妈烦我。

第二天是星期天，我一早就跑去找妈妈的挚友，也是从小疼爱我的郑姨。我把前因后果都告诉了她，只见郑姨那慈善的面孔露出了微笑和爱怜的表情。牵着我的手散步在她任教学校的操场上，跟我说起爸爸和妈妈在一个家庭里的关系。这时我好像一下长大了许多，原来妈妈怕我没有爸爸心里会有障碍，故扯出了一个爸爸用来挣钱的理论。但从小妈妈老是看着我对我说：“你长得很像你爸爸，你爸爸人很好很好。”从小我对爸爸的感觉是非常懵懂的。因我不知道爸爸是给我生命、给我同一血脉的那一个人。

下午，郑姨精心煮了一杯红茶，用的就是她那心爱的丈夫留下的一套英式的茶具。郑姨和我妈妈的经历很相似，她和她的洋人丈夫也有一个爱情的结晶，一个美丽的混血女儿。慢慢地郑姨又告诉我，我爸爸妈妈的那段动人的爱情故事和我的出生。接下来郑姨告诉我一件事，使我心痛难忍，含泪听完了这段话。

一天郑姨问妈妈：“你一个人抚养孩子，万一你所在的公司倒闭了怎么办？”妈妈对她说：“我早想好了，我和少痕（我爸爸）的孩子，是我俩爱情的结晶，我能生下她，我就要好好地把她养大成人。”

这一天的所有情景深深地刻在了我十一岁的心里。我一直流着泪离开了郑姨回到了家。到家后，妈妈问我去了哪儿？我什么都没有跟她说，只是抱住了母亲的腿，迟迟不肯松开。妈妈见我什么都不肯说，也不问我了。这时传呼电话打了进来，郑姨把我去她那儿的事告诉了妈妈。妈妈回来后，我看到她背着我在擦眼泪。整整一个晚上，我们娘儿俩虽都不说话，但我和妈妈的心都痛到一块了。

这天以后，我对海有另一种的想象。每次来到海边，都会让我想起这件事，都会让我感到妈妈和爸爸的爱情故事有多美，妈妈对我的爱又有多深。

海呀海，无论是波涛汹汹、惊涛骇浪，还是细浪静静，我感到那也是你对人类在诉说着你的情感。我想到妈妈会在万一的情况下，选择和我一起投入你的怀抱，可见你的博大所在。

海呀海，你是如此的辽阔，你把我的爸爸相隔在你那看不到头的那一边，以至相爱的两个人此生永隔。又把我，他的女儿也一起阻隔，再也无法相见。你似乎又太冷漠了吧！

海呀海，当我对你遥望的时候，我是否可以替母亲问一下爸爸，我出生的时候，你在哪里呀？

海呀海，浩浩瀚瀚，汹涌澎湃，时而平静，时而狂癫。有时美得让人想亲吻你和你共浴，有时又狂风巨浪令人望而生畏。朝阳下的你是如此青春靓丽，吸引着万物朝你奔来；月光下的你却是寒气透心，令人畏惧，还是离你远去。

海呀海，你如此深邃的胸怀，到底藏着什么样的秘密，让人醉在你的心间，你却沉默无言。望着海，想着我那亲不够的妈妈，如同心中血的浪花在翻卷，您对我的付出有多难！

北窗吉祥的风[①]

凛凛寒风北窗进，雱雱盛雪织冬地，绵绵情思寄寰宇，涟涟泪尔唤父应。

今天是爸爸的祭日，前几天就寝食难安，老是思念着一辈子都没有见着的父亲。但总觉有着冷冷的风儿在呼唤着我，如同那儒雅气质的爸爸在告诉我，我在天堂会眷顾你，我会让你所爱的、所喜欢的童年时的伙伴和朋友们陪伴着你，你要以一颗慈善的心对待来到你身边的每一个人。我在梦中寄语爸爸，我会做到的。

冷风自南也自北，万物喜乐四方美，天地有缘冷暖换，幼时出途老彩归。

想都没有想过，我小时候的玩伴竟会找到了我。令我感到不可思议的是，分别四十几年的他，无论模样、人品、教养还是如此的好，依然帅气、纯真、有礼貌。顿时儿时的回忆甜甜地漫思脑海，相互的问候都问出令人欢笑的故事来。当我们都拿出真诚善良的那颗心继续我们珍藏的回忆时，时差却像南风和北风、太阳和月亮，两分一回见。如同各叶的扁舟，你从上游下荡，我从下游上晃，彼此在欢笑声中醉眠于天宇苍穹。

北窗细雨敲窗棂，隐喻我知有异灵，忐忑之心难诉悱，低首祈祷

① 此文 2016 年 12 月 27 日在中国作家网散文类头版第一名发表。

来安心。

果不其然，不可能想到的事发生了。电话的那头，凄然的哭声让我悲凉了整个身子。我在美国的也是一个亲如姐妹的发小，昨天突然去世，让所有在国内的兄弟姐妹还没来得及踏上飞机的舷梯，就猝尔归西了。我的手抖个不停，心跳得很快，我对着电话的那头安慰了一下，就挂了电话。我坐在沙发上沉思，拿出她的照片，看着那离开我时才三十多岁的她，一个聪慧能干的女子，与我分离三十多年后却永远也见不到她了。想起小时候那有趣的故事都一个个溢满了脑海，最深的记忆就是在夏季暴雨的一天，她带上我一起骑自行车去学钢琴，结果车下一滑，我俩一起倒在修路的碎石上，痛得脸都歪了，血都流在右腿上，之后都留下了一个相同的痂痕。此时，我摸着这个痂痕，心里在对她说："喂，你还是住在我的身上，还是和那时一样，想来玩就来玩，好吗。"似乎听到了她的回声，我会来的。想不到晚上我梦见她了，我俩一起去买房，我醒在梦中，泪流满面，拿起 **ipad**，写下诗一首：

凄泣幼时好伴怅，出类拔萃唯她扬，来日梦中再相见，八哥鹊巢共眠床。

这时，**ipad** 一直叮咚响个不停，一打开，都是赞，没有人再悲伤，因为他们看到的是她和我，在幼时那个调皮丑妞的照片，以及我右腿痂痕的留影，被我们纯真的友情而感动。对着爸爸的遗像，我心里在感谢着爸爸，您把我想要的，不能忘的都给我送回来了。爸爸，我爱您！这时只听见又有风声在响，我知道，那就是：

北窗吉祥的风！

祭文

今天是爸爸诞辰一百周年纪念日。对着爸爸的留影，我想对爸爸说说我对您的感觉和思念。

晚风轻轻吹来，云间银光闪闪，坐岸遥对海面，劲浪掀翻思念，一生未曾谋面，却在向您走来。

当您在百岁诞辰的今天，还有您的后人在您的像前祭奠，爸爸，您的为人已受敬拜。您的灵魂已然在天俯瞰，无论您的女儿对您有多大的埋怨，对着您那慈善宽宏的胸怀，她由恨变为爱，继您的崇高品德，解去心结，对待每一个人，像您一样付出真爱！

在那曾经的夜晚，我遥对苍天，我看着难以入眠的妈妈，泪眼潺潺。我再觅遍我的全身，我是一个什么样的怪物？我是一个没有爸爸的苍天遗物，但我是妈妈的心肝宝贝。我有着被娇坏了的那一半，妈妈只等您回来后再纠正我的另一半！可您竟会逝去在妈妈爱您无限的心的空间，也无法再在我的一生中给我一丁点父爱。以至您的血脉，都不知有我的存在。我的一生在妈妈对您的爱中长大，但在您绝尘的遗憾中冷去。

丝丝凉风吹来，拂我脸颊耳边，似父轻语回荡，原谅我的业障，爱在无奈海洋，清波浊浪悔谦。

爸爸，对着您的灵骨，我喊的是妈妈。爸爸，对着您的灵像，我还是想着妈妈。爸爸，在您的祭日，我只想对您说，我已读懂您的传奇一生。您那高尚的人品，施我教诲。您遗传给我的就是，善待一切人和物！爸爸，我用我的心语对您说，您在我的心中只有一个字，那就是“爱”。

春风暖在心间，万花开到崖边，心悟您的默言，教诲铭记永远，您的诗歌不凡，您的书法亮眼，爸爸爸爸爸爸，爱您永植心田！

我仍荡漾在海的这一边，仍在梦幻您留给我的思念，我仍拉着我的手风琴，仍唱着那首歌《听妈妈讲那过去的事情》。

爸爸，您听到了吗？这是爱女对您的呼唤。那是在 2013 年 12 月 23 日，您的百岁生日，您的像前。

您的遗腹女儿蒙蒙

在爱河边的那一晚

今晚在河边的座椅上，被一场细密的春雨淋得干干净净。镰月如同舞女腰，星如明钻漫天俏，清风吹着河水澜，静思心宁魂天飘。

对着静静的河水，月印在湖的邈邈身影，我似乎感觉到今晚的那一种静谧很像二十年前，我寻父到达台湾夜景，我在高雄的爱河边，回忆着父亲母亲的那场旷世的爱情。

对着由我父亲承接开工的这条爱河，我心里在默默地喊着："爸爸，爸爸，我已来到了您的身边，来到了这条楷模的爱河边。看着泛泛起波的河水，我就知道您想和我说的话，也是我想告诉您，妈妈有多爱您，为了坚守您们俩离别后的誓言，她一生独自把我抚养长大。如同这条爱河的名字一样，没有您们的这场旷世爱情，也不会有我的到来，更不会有您可以挖掘这条爱河的天意所在！"

我对着天地，告诉爸爸，我的一生就是在妈妈对您爱的天地里一天天地成长着，每当妈妈看着我犯错的时候，或者看到我那天天越长越像您的脸庞时，妈妈总会对我说，你长的和你的爸爸一模一样，你爸爸人很好很好，你得好好学习，到时我可以对你爸爸有个交代。就是这几句话，一直是妈妈励志我的警语，也是我内心永远还不清妈妈对我那深之又深，乃至深厚无限的母女之情！

我依偎在爱河桥边，背诵着爸爸写给妈妈的诗歌"春兰安然如美伴，思念永在梦中现，时闻天地风露香，逢茂爽达深不见"。

我也吟诵了妈妈写给爸爸的一首诗："只要春一到，风儿轻轻飘，花儿早来到，心蕊凭它绕，相依相拥惜，永世等今朝！"

看着爱河的水流碧波涟漪，明月星河在河中的身影，如同看到了爸爸妈妈相逢的那一刻，我对着皓月高悬的苍天，深吟着"鹊桥今在爱河边，唯我独女为俩牵，情归真处无遗憾，风飘万里去天间"。

当我围着爱河慢慢走着，岸边飘忽的柳枝垂耳在侧，我如同在听着爸妈那绵长的离别之苦，我深深地被爸妈那旷世的爱情所打动，更被他们的情感所感动，妙思远致苍穹。我含泪传话给在琼楼玉宇的爸妈，我感恩您们给了我生命，还让我在爱河桥上与您们团聚相逢，我是您们爱的结晶，我永远爱着您们直到天堂再相会。

忽然手机响起，我醉醒了，我无心接听电话，仍在看着静静的河流、清宵月影的娇容，在无任何人的打搅下，我感到今晚真是特别的静、特别的美。

更让我迷醉的是，在今晚如此宁静的时候让我再次深情地回想到了台湾高雄爱河边的那一晚！

心中的地平线

七彩玲珑的天地之间，最美的就是那条地平线。你看似就在我的眼前，为何无法相拥在心怀。我想伸手碰到你的天，回首还是站在梦里边。

从小因妈妈给我起的名字叫蒙蒙，故我的人生一直就是在如梦般的蒙眬中度过，好幻想，好做梦。在现实的生活中，往往也是带着美丽的梦想，看待一切人、一切事。只有到了梦碎的那一刻，才觉痛不欲生。过后，又继续做我的梦，百般轮回，已到了痛不起的沧桑岁月了。

记得小时候，妈妈带我在她公司的黄浦江边散步。眺望江的那一边，连着进海口，遥望江的最远处，看到天与江的尽头，一条宽阔无边的海平线，和着风浪，伴着蓝天白云，亦远亦近。我就在想，它离我很近，我可以要求妈妈陪我到那里去玩玩吗？当妈妈知道我的想法后，就牵着我的手慢慢地踏在江边的路上，指着那条诱我所思的海平线，对我说："妞，你看着那边的海平线，它好像离你很近，但你永远到不了它的跟前。因它是一个远视角的错觉，不是一个真实的距离。它是天造的乐园，你可以永远看得到它，可它却离你很远。"我当时不全明白妈妈的话，但我知道了，它是只能想象、不能到达的一个我心中梦的天堂。

一次老师带我们去郊游，当我看到那无边的田野连着晴天碧海，那醉我入梦的地平线又在我眼前出现了。我想我有的是力气，我今天就要验证一下母亲的话。我立马离开了老师的视线，朝着迷人的地平线快步跑去。跑了一段，地平线还是在眼前，还是离我那么远。继续朝它奔去！浑身是汗，当我累得坐在草地上时，我用疲惫的眼光看着那让我迷醉的地平线时，只听见高音喇叭里在播着我的名字，这是老师在播着寻人启事，我怀着万分沮丧的心情，躺在草地上回想妈妈说的，心里只有一句话，妈妈，我心中的灯塔！

当我有点懂事的时候，妈妈告诉我，你的爸爸在一个遥远的地方，在海的那一边——台湾。只可想象，不能见面。我马上想起我费了那么大的力气都跑不到的地方，那只能是心中的地平线、海平线。我失望地哭了很多回，每想起这段如同魅影般的经历，如同魔兽似的在心里难以抹去，蹿上蹿下难以消停。故在现实生活中，我就爱去那旷野的有着喀斯特地貌的地域和高山峻岭，绝无遮挡的雄伟山巅，辽阔无比的大海，因我的梦里都有在这些地方能让我看得到的无比清晰但永远无法到达的地平线、海平线。美得让我醉、让我泣、给我梦，不愿醒！

人们常说，性格决定命运，我想是的。我因一生太爱追求梦想，太爱看到心中的天堂，回想自己在那么小的时候就想用自己的体力来证实，我能到达那如梦似幻的仙山琼阁。我屡试屡败，还在继续做梦，一直醉在幻想的现实人间，我太轻浮了。我一天中，半天在地上，悠然我思；半天在梦中，在琼楼玉园。这一天合在一起，就是天地之间的那条地平线。

这条迷人的地平线，因它迷醉了我的人生，迷走了我的魂魄，我无法摆脱得了它，只能向它引我的方向一直追踪到永远。

天地之分，地平线为它们合之；海天之分，海平线为它们融之。现实与梦想之分，如同梦碎如雪花，落在心上透心凉，又可能是万花媚颜争在阳，蒸蒸日上向前方。那就是人生路上的一道美丽的地平线，成功在前，奋斗永远！

眺望窗外，冬春在悄悄地换位，白雪皑皑的大地对着远远的天空白云，那醉人的地平线吻着同样白色的地与天，我又想朝那心中的净地奔去，想轻吻我那情有独钟的地平线！

妈妈，妈妈

妈妈，妈妈，这是我爱儿在叫我。

妈妈，妈妈，这是我在叫我母亲。

同一声妈妈，但我的感受是如此的不同！小时候，叫妈妈的感觉就是一种索爱的表达。里面蕴含着的是孩儿成长时的需要和呵护，在母亲那永远温暖如春的怀抱中慢慢成长。

长大后，叫声妈妈，是感到最爱你的那个人时时在你身旁，无论你的成功和失败，她都微笑深情地看着你，给你无穷的希望。

成年成家后，回到娘家，叫声妈妈，是感到童年时的温暖在心荡漾，吻着母亲的脸颊，顿有惜母爱母的情畅。离开时，母亲仍是牵一下你的手，爱爱地看着你缓缓地离开了那个她养你长大的地方。

再后来，叫声妈妈，我低身附向她身旁，亲着她那已瘦弱的脸庞，看着她原本纤纤细指的美手已是骨瘦如柴，悲从心中来，泪流满面。坐在她身旁，搂着孱弱的妈妈，发誓要陪好她的晚年，并告诉自己，心中最亮丽的一道风景即将消失！

果不其然，当我再要前往去看妈妈时，她已病入膏肓，那一晚只有我陪伴身旁，因我知道这一晚将是我与妈妈相处的最后一晚。她在昏睡时，我的脑海却波涛汹涌，我把我的人生从头到尾地细细想来，无不浸透了妈妈对我呕心沥血的爱！拿起她的手放在我怀里，分分秒秒地看着她，回忆着母亲年轻时出众的漂亮，中年时的风度翩翩，年老时的淡定从容。她的手在我的胸口中渐渐地冷了下去，我把妈妈抱起来时，她弱弱看了我最后一眼。在我怀中离开了的，是我最离不开的妈妈。自此之后，我厌世了。

曾几何时，天边传来了喊我妈妈的声音，此声是如此的醇厚和真诚，时时充满了暖暖的爱意。我受宠若惊似的仰望天空，问神是否有此赐赏？没想到晚年，我的侄儿来到我身边，我的爱儿我的心！

姑侄相认远远不够表达内心的亲情，浓浓的亲情又难以能用姑侄相称谓！只有母亲和爱儿才感到心心相印、骨血相通。以前我因故没有生育，所以没有尝过做母亲的感觉。当真的要面对做母亲时，我恐做不到我母亲对我的那般纯粹。我惘然了，谁知我的爱儿给我无穷的信心和力量。他天天用那充满深深的敬意和爱意的声音叫着“妈妈”。

千百次叫着，叫暖了我的心，叫暖了一个女人爱儿的情，也叫醒了一个枯睡了的、对生命任漂任流的身躯。妈妈，爱儿叫出了我对生的希望，叫开了我原本那颗仁慈的心肠，更结束了在天之灵母亲对我的担忧。梦中妈妈告诉我：爸妈已相聚了，爸爸为了弥补对你的愧疚，挑出最符合你心意的孩子来到你身旁，用他那才华横溢的文笔，写你想看的、爱看的一切。用他那颗善良的、充满爱的心给足你生存下去的力量。

爱儿把我从枯睡的床上背到了太阳底下，暖暖的情义直入心肠，我彻底地醒了！

这时爱儿的呼唤又传来了——妈妈，妈妈！荡气回肠！

箱底的旧衣

风雨相激越
如同仇来泄
天河开闸道
汪汪一城泪

秋又来了。

昨天的"菲特"台风可谓害了整个上海城，仿佛让人看到了一场风和雨的战争，惊心动魄。

风雨如晦，在家无法出门，颇觉秋凉袭身，空了整个心城。

无趣的我在家东晃西荡的，突然看到一橱的夏衣，哎！如同秋叶一样，该收拾了。

一下就忙活了起来。打开了存放的箱子，一件件，一排排，一叠叠，整整齐齐地堆放好了。可就在这当儿，看到了那好几次想处理掉的旧衣。又是一年了，对自己又问了一遍，今年咋办？

看着这堆旧衣，心情顿时静了下来，无穷的回忆一下涌满了脑海。第一个跳出来的是儿时帮妈妈整理旧衣时的一件事，仍是那么清晰地展现在眼前。

儿时每到夏季的三伏天，妈妈总有一天要我帮她晒一下那一整箱的衣服，虽然都是旧衣，可妈妈从没把它们送人什么的，晒了一天，然后叠得整整齐齐放好后，就等来年的又一个夏天。

这一年我大概十二岁吧，在晒衣的时候，老是看到那么几件老衣服，就问妈妈，干吗不丢掉？妈妈懒得理我。我这人，一无聊就会出幺蛾子。我就把妈妈的旧衣一件件往自己身上披，左照镜子右照镜子，还真有一件我穿着还蛮漂亮的，况且又是夏衣，是丝绸的。我就在妈妈上厕所时穿上了它到了弄堂里。第一个撞见的就是隔壁二十五号的宁波“阿姆”，只见她朝我怪怪地看了一眼就说我了：“小妞，这件衣服在刚解放时是蛮时髦的，也很贵的，但你现在穿出来就像个十三点。”（上海话就是不伦不类的意思）我也毫不客气地回了她一句：“只要认得十三点的人，那她就是二十六点。”说完就跑回了家。

妈妈一见我就叹了一口气，说了一句“你还知道回来”，我也回了她一句“我不回来，明年谁帮你晒衣服呀”。但过了一会儿，我就黏到妈妈的跟前，问妈妈“你为什么不把那些旧衣服扔掉呀？时髦的含义是什么呀”？妈妈看了我一眼想对我说什么，但还是没说。我就把那衣服一脱一扔看小说去了，但心里的疙瘩还是在那作怪。

该到收衣装箱的时候了，站在妈妈的边上一件件递给她的时候，妈妈就对我说了很多话，她告诉我：“衣服是用来穿的，但也是可以用来留作纪念的，比如你刚才穿的这件衣服，就是你爸爸从香港给我买的，当时很贵很时髦，我穿着很漂亮，所以妈妈不舍得丢弃。存放下来留作纪念。”我一听，心里很不是滋味，我顿时很伤感，如同三伏天，心滚烫滚烫的，想想自己蠢得妈妈都不想和我说话了。但是箱底旧衣的含义，也是从这次的幺蛾子事件中，妈妈教诲了我。以至我把妈妈亲手给我做的衬衫都放进了我的箱底，拎到了我开始知青生活的农场。我怕妈妈万一离世了，从此再也看不到她，耳边仿佛又听见妈妈说的话……

想到此时，我将已收拾好的衣服，在我回忆的过程中，一件件放好了。看着那些旧衣，就如同我逝去的岁月的档案，五彩缤纷。

看着这箱底的件件旧衣，我干脆坐到沙发上。闭上我的眼睛，和着风雨敲打着我窗的沥沥声响，追思我那亲爱的妈妈，回想我那曾经的岁月留下的记忆。

想得太入迷了，不锈钢的锅子又变成黑铁锅了。

哎。

风儿与花儿

夜深人静了，微风轻轻地吹着湖边那盛开的樱花，摇曳的花枝乖儿似的低头吟语，对着风儿柔柔地问道，你给我吹来的丝丝暖意，直入我的心蕊，风儿，你为何对我如此的柔情似水？

风儿远远地听到樱花那含羞的传语，按捺不住心中的喜悦，一边加紧风速，一边夹带着对花儿的眷恋之情，快步来到了她的面前。

只见风儿在花儿的耳边细细道来，在我认识你之前，我的性格是雷厉风行、凛冽肃寒，时而倏忽而逝，时而狂奔驰骋，令人不寒而栗。只要我一有动静，立刻警报奏响。无奈我的性格如此，又加上我是神宇的奴仆，还得听他的旨意。

自从认识了你以后，看到了你那美丽的容颜，温文尔雅，甜美的花容尽情地绽放，蕴含着迷人的风采。人们都不愿离你而去，你却亭亭玉立地站在人们后面和爱你的人合影留念。你那谦卑温和的风范陶冶着人们的心灵。我已深深地爱上了你，我已离不开你了。花儿听到风儿的爱情甜语也摇曳着花枝心花怒放。

此时神宇传话给风儿，你应该回来了。

风儿要离开花儿远去了，他依依不舍地吻别着花儿，心痛无比。在花儿的耳边柔情地告诉她，我永远地爱你，直到地老天荒，并轻轻咬碎了花儿的耳边，由此花儿就更漂亮了，因她的花边折折皱皱，浪漫无限！

花儿在日思夜想风儿中，凋谢落幕。当风儿再次回望花儿时，已不见了踪影。风儿发怒地问神宇，为什么会是这样？神宇说，念你从未有过心灵上真正的爱情，如你们是真心相爱，我就答应你们在春天相依相随。

风儿含着泪怀着对花儿的深深眷恋，日驰夜奔地想快速吹过夏、秋、冬，直达来年的春天！

这时湖边小径上，仿佛隐隐约约有一挽锄挎篮的飘逸美女在收拾残败的花儿，深情泪洒葬花地。那不是黛玉吗？风儿感恩般地向她奔去道谢，她却如海市蜃楼般隐去了她那如花般的背影。令风儿又狂呼海啸般的号啕大哭起来，震撼了大地！

神宇也被深深地感动了，他遵守诺言。只要春一到，风儿轻轻飘，花儿早来到，心蕊凭他绕，相依相拥惜，永世等今朝！

以此纪念父母亲的旷世爱情

女儿蒙蒙于 2013 年 4 月 13 日